GREGORIOE'

JORGE MIGUEL COCOM PECH

Pedro Ehuan, Ilustrador

Jade Publishing
Corpus Christi

www.jadepublishing.org

ISBN: 978-1-949299-36-6

J-nool

GREGORIOE'

juntúul miats'il maya

Ti' in ch'í'ibalo'ob, je'e bix tene';
ba'ale', je'e bix xan uti'a'al máaxo'ob
k-p'aat'ik k-ka' k'abao'ob ichil k-úuchben t'aanilo'ob.

Tu'ux ku beeta'an

I. J-kanant t'aanilo'ob

Bajun k-óolal yant' k-nojoch noolo'obe' ken u yá'alo'on!: "A puk'sí'ik'al u aj kanant' t'aanilo'ob, ma' u aktuni', tumen a t'aanilo'ob ma' tia'ano'ob ti' uti'a'l u káajakbalo'ob baililí."

 Ti' Yáax k'iine, p'aat' u yíik'o'ob a wíik'e u k'it k'it t'aanilo'obe' iche bee'jo'ob, beyxan ka pakchak u buk'int'maubao'ob ich chaktak, saktak, k'ank'an yéetel ch'ojtak nikteilo'ob, tumen le'iti'obe u ki' kimak óolal t'aanil kulche'o'ob, xiuo'ob yéetel áak'ilo'ob.

 Ti' Ja'ja'lile', p'aat'e t'aano'oba' ka u líisk'uba'o'ob bey u xi'knal péepeno'ob, tumen le'iti'obe',— yáalo'ob k'axa ja'e—, u xiximbalil nikteilo'ob ich beejo'obo'; p'aat' ichile ja'jala'o'oba', u tich'ilal u naali koolo'ob ich u buts' pom' yéetel payalchí, je bix u k'uubu níib óolal t'aanil ti' k-lu'um naj.

 Ken k'uchuk u k'íinil u lú'ubul u le'o'ob kulche'ilo'ob, tio'olal u yúumbal íik'e, p'áatake' t'aano'oba u ts'utsk'o'ob yéetel mum óolal u

yoot'el lu'um; tumen, mix bik'íin t'aanil yóok'ol
káabe' ts'o'ok u sut'kubao'ob u muk'nal u kukut'il
wíiniko'ob.

Ken k'uch'uk k'íin Ayakbil, ti' tu'ux chan ka
wúuyik ku ts'uts'kech u síis íik'il u k'íino'obe,
p'aat'e t'aano'oba', asab yeetel kuxtal, ka u yeelel
ich k'a'ak', tumen u yóoxob bin u tep'il a kukut';
chen ba'le', wa ka wúuyik ku totowankilo'ob, ku
sit'to'ob, ku yauto'ob yéetel ku k'ayo'ob ichil a
jobnel, yéetele k'ayo'obaj bey u k'ay sakpakale',
ma' a kupajtik te ch'ech'ennki'o'ob.

Bik sajakchajkech. ¡Leti'e' u t'aan a pixan!
¡Leti'obe' u t'aan a wool.

Ma' a ta'akik, ma' a balankik, ma' a tokik u
jalk'abil a t'aano'ob, tumen a t'aan bin a ts'íibte'
utia'al tuláakle siyanko'ob yéetel u tia'al penk'ech
k'íino'ob, chen junp'eelili'e yéetel mina'an u
xulsa'aj, ka'alikil u yáantal kuxtal yóok'ol kaab.

Ka' síijil t'aan u k'áat yáal ku síij tu ka'aten t'aan,
ku ka'aput síijil u jum kaal.

Le u ka' kaxtikubao'be máanlil k'íinal yéetel
bejla'e; le suutaj tu ka'ten u tia'al mayao'on,
k'uyen je bix k-náatik k'íine', jump'éel yúuchul
jo'opolnaji yéetel u jum kaal u kunaj t'aan

láats'ilo'ob bejla'e', k-nuupt'aankik u p'aat' u
jun xotomal yok'ole' ba'ax bejla'e' ts'aka'an iche
sansamil tsikbal wa iche kí kí pik'ju'uno'ob,
tumen mix bik'íine' t'aano'ob yok'ol kaab bin u
sut'kuba'ob u muk'nal tia'al máako'obe'.

Kalk'iní'e, Kanpeche', 1961

II

II. Ukp'éel k´áat-chi'o'ob

Je bix te'exe', tene' yanji xan in nool. Le chan t'ajt'aj ich sak ek' yot'el nuxi' wíinika', kajakba ka'ach ti' jump'éel xa'anil naj k'axa'an ichil ch'ol paak'al tu'ux ku sen ts'aik u yich u kulul che'ob je bix mangoe', sak ya', on, chakal ja'as, kayumitoe', ts'almuy yéetel yicho'ob u láak' che'ob. In noole', tumen sen báaj uts', le kun xi'iko'on xinxinbate' ku ts'aik to'on k-jant yéetel tuláakal u jajil u yol u yich che'oba'.

Tene' jach tak'anen ti', utia'al in yantik ti' túlaakal u méeyajo'ob, laylili'e' tia'anen tu ts'el. Bulk'íine', in noole', ku jóoya' yéetel ku táanlik u pak'al íixí'im, bu'ul yéetel ts'ets'ek jejelas kí'ibok nikteilo'ob'ob.

Kan k'uchuk áak'abe', chilikbal ichil u k'ane' tia'an tu chúumuk na'e' léembanja'an tumen u muts'ilil jump'éel x-lats'a sáasil, ku ts'ikbaktik naysaj t'aanil bey xan ku nuktik k-pek óolal yéetel k-k'atchio'ob.

Jump'éel áak'ab, tu wéenel in wet abiltsilo'obe', leti'e' tu kajal u jayab, tin k'atchi'taj:

"U'uyes in nool, ¿ba'ax túune nikteilo'ob?"

Ken táan túun u bats'ik u chumukil u winklil yéetel u sak pix ka tu nukaj ten beya':

—Nikteilo'ob u yich pak'alo'ob, je'e bix u nek' a wicho'ob nikteilo'ob ichil loil u táan a wich. Tio'olale nikteilo'ob, kí'ibok icho'ob jejelas u boon, pak'alo'obe' ku paktiko'ob, ku páayt'aanko'ob, ku ki'kiimak'tiko'ob u yóol yéetel ku ts'akiko'ob u pixan wíiniko'ob.

Yéetele ba'ax tu ya'alaja' tin na'ataj je u páajtal u nuktik tuláakal in k'atchi'o'ob:

—U'uyes in nool, ¿ba'ax túune muyalo'obo'?" Letie' tu nukaj ten beya':

—Múuyale' u k'ab memek'ki che'ob jach uts' tu yich u xinbalo'ob tu bejil ka'an u kuchmajo'ob ja': sak, éek', wa jéjelas u bono'ob, tu xik'inalo'ob u kaxto'ob íik' tia'al u báaxal taakiko'ob k'íin tu mina'an xuul u nak' ka'an.¡Wa ka wil ba' ki'il u yoolo'obe táan u baliko'ob u chan k'ank'an che'eji che'ej yich k'íine'!"

Ka ts'o'ok u joopik' u chaamal, tu chen tuubik u wowola' buts' yol íik'e' ka tu ch'ajoltaj u t'aan:

—Chichan wa nojoch sak múuyalo'ob, waje bix yan k'íin beyo'ob tamane', u ko'oylo'ob chan x-ch'upalo'ob ki'mak u yolo'ob yaniko'ob tu tsel k'íin. U ts'o'okol u pitik u chan nook'o'ob, ku bukintik u chowak ek'popos piko'obe', ku báaxal k'axko'ob yéetel k'íin."

Tu makaj u chi' junsutuk, tu yéemsaj u yok, ka jop' u yunbal táan u ts'olik ten beya':

Ichil ts'e'yaxk'in, seten baj k'ilkab, tu seten báaxan chaake', muyalo'obe' tats' k'íin ek'popos u nook'o'ob. Ichil ja'ja'lile', yan éek múuyalo'ob ku kuchiko'ob chokoj íik'; óo'lal ken u yiluba'ob yéetel u láak' múuyal

u kuchmajo'ob síis iik'e' ku k'a'an jats'k'uba'ob. Ik'il túun u jats'kuba'ob ku k'itiko'ob chowak táabo'ob yéetel motso'ob sak ch'oj u julo'ob. U ts'o'okol túune' ku sutkuba'ob bey bek'ech sumi ja'e, ku k'axal. Le tun u bek'ech sumil sáaspik'en ja'a, ku yakta, ku ts'okolé ku ch'iik u muk' u yokja'e ku bin u yalkab tu sit'tik u jem lu'umo'ob, tu k'aayo'ob tu beejil kaj, tu beejil k'áax jach ki'imak u yolo'ob… Teche', ma'táan wíiliken wa tia'anen ta ts'eel, táan in wíilkech ka báaxal yéetel a ka' its'ino'ob, yéetel a ka' suuku'uno'ob, ka bine'ex nays xixinbal jach na'achil, yéetel xan ka ne'enóoltike'ex táan a bine'ex ichil chan ju'un chéemo'ob ku búulo'ob tu chun kootil tankab.

Tin wóotaj t'aan, ba'ale', ichil u kí'imak óolale' tu jan ya'alaj:

Ken u jawal cháake', ka'ane ku ka' suut ch'ooj. K'íiné kí'imak u yol tu jul; tu chan cheej xan yéetel nikteilo'ob. Nikteilo'ob tune' ki' xan u yolo'ob ik'il u xinxinbatalo'ob tumen xuxo'ob, tulixo'ob yéetel ch'ech'ej ch'och'lemo'ob. Wa ka ts'a ta wole', bin a wil u kí kí sit'il sit' muucho'ob tu lek lekankalo'ob tu yok'ol susulki su'uk nats' ti' u chun pak'lo'obo. Ken tin wu'uyaj seen baj jats'uts u nuktik in k'atchi'e, ka jop' in k'aatik ti':

—In nool, ¿kux túun xuxo'ob, ba'axo'ob?" Leti'e u tia'al u ki'makoltikene', tu ts'olaj:

—Xuxo'obe', balche'o'ob jach beyo'ob u nuuktaki u sinikilo'ob lu'ume'; ba'ale' leti'obe' jook'a'an u xik'o'ob; sáaspik'en u xik'o'ob. Leti'obe' suka'an u

béetik u yotocho'ob yéetel tikin ju'un: U ts'o'okol
u wóoliskuntiko'ob tu beele', ku ch'uykintiko'ob ti'
nukuch kulul che'ob. Tio'olal túune' xuxo'oba', máake',
tu k'ajoltaj ju'un. Tu yéetel ju'une' páajchaj u béetik u
wala pik'il ju'uno'ob; bey xan tu béetike' bek'ech pik'il
ju'uno'ob ka bisik tu naajil xook u tia'al a ts'íibo'.

—In nool, ¿kux túun ch'och'lemo'ob, ba'axo'ob? Leti'e
tu ya'alajten:

—Balche'ob xan ku xik'nalo'ob; beyo'ob u nuktaki
x-k'uluche'. Leti'obe' suk u tak'kuba'ob tu chun kul che'.

U xíibile' ku yawat je bix u yawate' kis buts tu'ux ku
bisaj máak kimen, wa chen ucha'an loob ti'. Ma' u jak'al
a wol ken a wu'uy u yawato'ob, mix ba' ku beetiko'ob,
chen bey ku t'aanik u núupo'. Mix u jak'al a wol ken a
wúuy u yawato'ob; kex yan máako'obe' ken u wúuyik
u yawato'ob tu túukliko'ob ya'ab k'as ku táasik u
yawato'ob, ma' jaaji, chen tus.

Ba'ele ken tin wilaj ts'o'ok u bin u wéenele', ka tin
ch'ajoltaj in k'aatchi'tik:

In nool, ¿ba'ax túune' tulixo'ob?

—Tulixo'obe', u ch'ilibilo'ob che' jejelas u bono'ob ku xik'
nalo'ob. Sen báaj uts' tu táan u t'uchulo'ob ti' nikteilo'ob
yéetel akakba ja'. Leti'obe' ku páajtal u xiknalo'ob tumen
ku ch'a'ik u muko'ob ti' u chich sáaspik'en xik'o'ob.
Yan máaxo'ob ku tukliko'ob, wíinike', ik'il u cha'antik
tulixo'ob, tu beetaj yéetel máaskab u ketebil. Leten jach
bey u nojchi tulix ku man u xik'nal ka'ano.

Ka ts'ok u nuktik tene' ka tin k'atchi'taj: In nool, ¿kune

múucho'obo'?

Let'ie ichil u kí'imak óolile', tu lep'aj u yol u nukten:

—Múucho'obe', aj ts'ayomo'ob ti' Uj, je bix máaso'ob
yéetel kokayo'ob u aj ts'ayomo'ob ti' áak'ab.

Uj yéetel ek'o'obe' ku yemelo'ob u yuk'o'ob jaxbi chukua'
je bix ku yéemelo'ob u cha'antikuba'ob ti' akakba'ja'
tu'ux ku kajtal múucho'ob. Ken u yilo'ob túun táan u
néentik u nojoch chaknul wíinklil Uj ti' akakba'ja'e',
múucho'obe' ku jan yanyantik ka ts'uts'ako'ob. U
ts'o'okol u ki' ts'uts'alo'ob tumene sak wolis áak'ab
tak'íina', múucho'obe' ku machlantik u k'abo'ob, ku
papaxk'abo'ob yéetel kí kí óolal ku k'aayo'ob beya':

Llek, lek, lek, lek, lek, lek, lek, lek, lek, lek, lek…

Ken tin ch'a'aj in wíik'e', ka tin k'atchi'taj: —Kux tun
ten, in nool, ¿máaxen? Leti'e' jach mina'an u túuklike',
tu nukaj ten beya':

—Je'e bix tuláakal wíinik kuxukbal te' yok'ol káaba',
"teche', juntúulech kuxa'an k'aat'chi'ech… juntúul x-ma'
jets'a'an ko'il k'aat'chi'ech … ta máan a kaxant mina'an
u ts'o'okol nu'ukt'aanilo'ob…"

III. U múuk'il jump'éel inaj

Úuchake', nojoch máako'ob jach ku t'ubsik páalal ik'il u ts'ikbatikti'ob ba'ax úuchano'ob. Tió'olale' tsikbalo'ob tin wóojelta' bix u kuxtal máako'ob chikulal ba'ax ku beetiko'ob, balche'ob yéetel kajo'ob ma' jach k'ajolano'obi'.

Úuchake' ma' k'ajola'an mix ojelta'an ba'ax u xo'okol pik'ilju'no'obi'. Óolal túune', tulaákal tsikbalo'ob ku beetal to'one' yan u t'alal t-pool.

Tumen lik'nalen ti' kaj tu'ux mina'an x-yokja' tu'ux ma'tech u yets'el k'usam maaskab, tsikbalo'ob tu yax taasaj tin tuukul x-yokjae' juntúul nojoch bik'chalak kan ti' bej. Bey xan tu taasik tin pol k'usam maaskabe' jach bey máaskab ch'í'ich' k'ankach yáakan naats' ti' múuyalo'ob.

Yank'íine', yéetel in wet palilo'ob, k-k'atchitikbaj:

Wa k'usam maaskab ale', ¿ba'axten ma'a táan u lu'ubul tak lu'um?

Yan k'íine', te' xay bej tu'ux k-báaxal okostik polbi che', tu'ux xan k-báaxal ta'akikba' ti' k-kucha'an et páalilo'ob, k-mulikba' k-ch'en-xikint tsikbalo'ob ku beetik nojoch máako'ob kulen kulo'on ti' túunicho'ob.

Kin jok'ol ich kaj in nup' péepeno'ob; saktak, k'antak, ya'axtak ek'chukuatak kin bin tu naajil xook kanbaj; kin bin jok'ol man; kin bin jok'ol xinxinbal tak kíiwik; kin bin k'u naj in chan wóok'os in wóol ti' k-yumi tin wu'uyik payalchi' ku ts'ekta'al ich náachi t'aanankal; kin jok'ol tsikbal yéetel in chan éetaililo'ob, táasajten u yuts'il in k'ajoltik ajtsolt'ano'ob, ba'ale', ti'e tuláakal tin k'ajolto'ob mix juntúul ku ketik u tsikbal in nool yum J-Gregorioe', u yum in na', j-Lin u ki' ki' t'aana tumen in ts'e' yumo'ob.

Mi bix u beetik. Chen in wóojele ken u chunbes u t'aanankale' tu beetik u yich yéetel u k'abe', t'uubano'on k-uy u jats'uts tsikbal.

Leti'e' jaj túun u yoojel tsikba'.

Juntenak tin jit' ich sajkab yéetel in ka' its'ino'ob, u yalo'ob in ts'e' na' X-Ramonae' bey xan yéetel in ka its'ino'ob u yalo'ob in ts'e' yum J-Gonzaloe',

tin k'aataj in wu'uy ti':

—Nol, ¿tu'ux tun u táale p'eenkech tsikbalo'ob bey mina'an u xuulo'? ¿Bix a beetik ma'atech a sut u jel a tsikbate ts'o'ok a tsikabatiko'on? ¿Máax tu tsikbatajo'ob tech?

Ka ts'o'ok u kutaj yok'ol kisiche' ka tu ya'alaj:

—Tsikbalo'ob kin beetika' k-tia'al tu láaklilo'one'ex,

ma' chen u tia'al juntúul máaki.

Ti' tene' in nool tu tsikbaten; ti' in noole', u nool xan tu tsikbataj ti'… bey unchak u táale tsikbala'.

Tu yemsaj p'óok u t'alkunt tak lu'ume', ka tu ya'ala t-xikin to'on:

Bejlae', te k'íina', in k'aat k-paklan ejenteex jump'éel k'axt t'aan. Ku ts'o'okol túune' kin beetik te'exe' tsikbalo'ob je bix suuka'ane':

To'one', paataj k-káaj u tia'al k-úuyik ba'ax ken u ya'le':

—Yan u jok'ol ichile'ex ti' máax in k'ubent u k'anani u kanike tsikbalo'ob kin beetika'. Ma' náach k'íin túune' leti'e' bíin u ts'íibte'; le máaka' ma' unajil u ch'íik sajkil, wa ma' táan u jan t'ala' tu poolí tumen tene' ma'aten in p'aat tu jun; wa ku tu'ubul ti'e' kin ka' k'a'ajsik ti': máax bin u aktante meeyja', wa ku beikuntej bíin nib óoltak tumen tuláakal máak. Wa tun ma' tu beikuntike', to'on kon k-ch'a'ap'ekte' tumen ma' tu xuulaj u t'aani.

Ken tu makaj u chi' in noole', to'one' jak'an k-óol ka t-jan paktaj k-ich. Mi tumen ichil junjuntulo'on táan k-tuklik:

—¿Máax ta t'aane' kun teetbi ichilo'ona'? ¿Je wa ta t'an u páajtal ti'e meyja'? Mixmáak ichilo'on ku ya'lik jel u páajtal u beetik ka' taj t'aanaj k-nol:

—Te ichil u x-ts'ik te'mil in chowak eexa' in jalk'esmaj ixi'imi'. Junjuntúul ken a woksik a k'abe'ex junp'éeli, ba'le' ken a jitst a k'abeexe' ma' ten a séeba'an éseex. Ten ken in walte'ex ka wese'ex kun ts'okok a laj mane'ex. Maax ken u xit' u k'ab ku chikbesik ixi'im jela'an ti' u chukano'ob, bin u ts’íibte’ tsikbalo'oba’. Ma u péek a wóoleex. U muuk'il inaje’ bin u tak'ak tu k'abe’ maax bin téetpajako.

Inaje’ u paajtala’ u k'ajolo'on, u yoojel bix k-kuxtal tumen yéetel u sakami menta'ano'on. Tuukul kin ts'aik a wojelte'exa’, ts’íibta'an tumen k-nojoch yumo'obe k'in ts'albil u beetik u kuxtalo'ob yéetel k'asajo'ob ti’ u tunil nukuch k'u najo'ob.

—Kin suut in wa'al ti’ te'ex: maax ken u jo’se’ ixi'im jela'an ti’ u chukano'ob, yan u jalk'esik tu x-ts'ik te’mil u chowak ex; oka'an k’íin uka'aj wenle’ ku t'akuntik yáanal u k'an. Ken u chuke’ bolon k’íin tu t'akuntik yáanal u k'an, ku pak'ik tu chik'inil u ch'ol paak'al.

U ts'o'okol u jochke’ yaan u paatik oxlajunp’éel k’íino'ob u tia'al ka’ páatak u jantik. Kun ts'okok u jantike’, u muuk'il inaj bin u beet u k'ajal ti’ tuláakale tsikbal ken in chunpes bejla'a.

Ja'alibe’ ka tu mek’tanto'on:

—¡Manene'ex a ch'aex inaj!

Ma’ t-páa’taj u ka’ ya’lik, ka’ jan mano'on k-ch'ae. T-wolmachtaj u tia'al k-pa'atik wu'uyik ba'ax u yal ti’ to'on.

Ka ts'o'ok u paktiko'on, ka tu ya'alaj beya’:

¡Je'ex a k'abe'ex! Ma’ jaj in wich, ma’ jaj u yich in láak'o'ob ka t-ilaj t'alakba’ jump’éel k'an ixi'im tu táan in x-ts'ik k'abi’.

In ka’ suku'uno'obe’ tu seeblaki u yauto'ob ichil u ki'imak u yolo'ob:

¡Ta topaba!, ¡Ta topaba!, ¡Tapaba!, ¡Topaba...!

¡Koox, yan a chukbesik a t'aan!, ¡yan a chukbesik a t'aan¡,¡yan a chukbesik a t'aan!

In nool túune’ ka’ ki’ jitchaj, ich ti'e k'iino’, u ch'a k'ax t'aants'iltik tsikbalilo'ob.

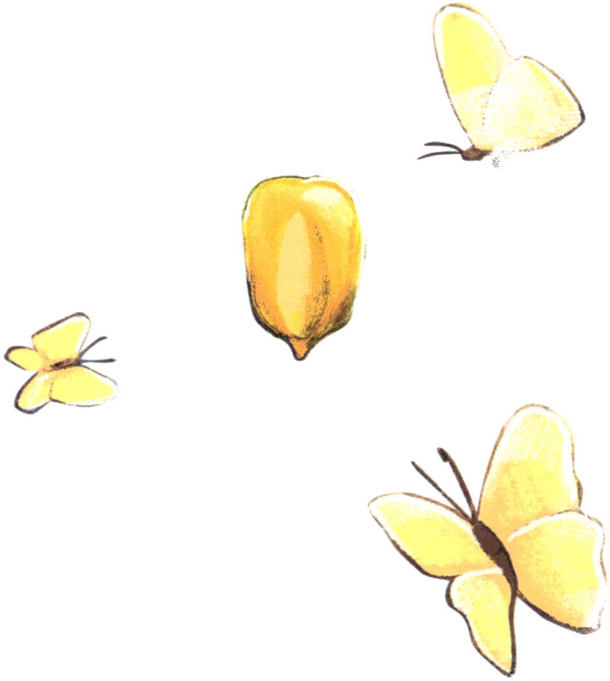

IV. Jajkunaj ich jump'éel ts'olanté: u ta'alal ik', u ta'alal waayak

Jach paalalo'on in ka' its'ino'ob yéetel tene', ka ka'aj u k'aatik chi' in nool ba'ax táan k-wayaktik ti' áak'ab.

Tuláakal in ka' its'inoob yéetel in kíiko'ob, ts'o'ok u yáantal u naat'o'ob k'aja'an ti'o'ob ba'ax ku yiliko'ob, ba'ax ku tsikbatiko'ob ichil u wayak'o'obe', je'e bixe ba'ax ku beetiko'ob ichil u wayak'o'ob; tene' ku ja'ak'al in wóol tio'lale ba'ax ku tsikbatiko'ob yéetel u t'aano'ob beyxan yéetel u peek u k'abo'ob. Te' ichile tsikbalo'oba' tene' kin wilik u ba'pachmajen ah bono'ob ti' t'aan. Yanten u k'ajle'emi ba'ax ku wayak'o'ob: J-Jorge Ráamone' ku xiik'nal, ku ts'okole' ku yilik u tek lúubul chen mina'an u xuul; J-Juliane' ku yilkubaj, ich tu wayak, táan u kanantik táaman, kax yéetel úulumo'ob tí' jump'éel kajtalil tu'ux táan chumuke' yaan u pak'alilo'ob; u láak' táan chúumuke', mina'an mix jun kulul che'í; in ka suku'un J-Gónzalo, ku k'a'ajsik táan u yilik u k'ik'ankal puk'sí'ik'alo'ob ch'uya'ano'ob ti' leemlak áak'il, tu yoknak'íin ku k'áaxal chaak; J-Goyo, ku k'a'ajsik ichil u wayak táan u chuk péepeno'ob ku suutulo'ob nukuch ik'el kab tu táam u k'ab, ken u yúubik táan júumo'obe' ku sa'atal u yo'ol; X-Gloria, in kíike', ku ja'saal u yo'ol ik'il u k'alal ichil bono'ob tí' u naajil neeno'ob tumen juntúul pixan mina'an u yich. Ten, ma' tu páajtaj in k'a'ajsik in wayak tin túukule', jela'an in wu'uykinbaj tumen ma' tin kaxtik ba'ax kin beet ichil u molaye' aj wayako'oba'.

Jumpéel k'iin tía'anen yéetel in nool tu ichil u k'aaxil Chanyaé, yéetel in sajkil tin k'áataj ti':

—Nool, ¿ba'axten tene' ma' tu páajtal in k'a'ajsik in wayak'?

Leti'é táan u súusik jumpéel xa'ayche' yéetel u x-kots' máaskab, tu je'elsaj u súusike', ka tu ya'alaj ten:

—Tuláakal Yok'olkab ku wayak', ¡bey ku wayak' tuláakal ba'al yan u kuxtal!, chéen ba'alé, ma' tuláakal ku pajtal u k'a'ajsik u wayak'; chéen máaxo'ob sa'aspik'en u puk'sí'ik'alo'ob, chéen máaxo'ob ma' k'a'asa'an u pixan ku pájtal u k'a'ajsik u wayako'ob.

Tumen ma' táan in pa'atik bix tun kun u nukik in t'aane', tin makaj in chi'.

Ma' sa'am ts'o'okok k'axik k-sí' yéetel áak'o'obe'e, u ki'ibokil u yiits áak'o'obe' ku xa'atkuba'ob yéetel u bok chi'ikamo'ob, pita'an u nóok'ob, tu ya'alaj ten:

—Wíinik ken síijik te yok'ol káaba', ku kóojol ti' lu'um tu'ux ku wenel kuxtal. Wa ma' tu meyaj yéetel u múuk'il u pixane', beyxan wa ma' tu meyaj yéetel u muk'il u

wayaak'o'ob, ku sutkubaj juntúul wíinik weneja'an u kuxtal. Wayako'obo' utia'al u yéesal x-ts'iik óolal. Ku páajtal a k'a'ajsik tuláakal a wayake' bin a ch'anu'ukt u chikul u sa'asil a ch'í'ibal, utia'al u páajtal u ka' sut a kuxtal... to'one' u p'up'uyalo'on sa'asil... u p'up'uyalo'on k'íin.

Ti' u láak' k'íine', máanja'an chúumuki, ka k-ts'o'oksaj molik u ye'e beech' bino'on k-kutal tu yanal u bo'oy mejen che'o'obo. Te ichile u lobil le xíiwoboo'oba', beyxan ichile túunicho'ob, yéetel u sojol ka'bche', ¬¬–ma' saam leti'e tu jan mistaj yéetel jumpéel míisib, jach ki'imak in woole', tia'anen tu yiknal, kulukbalo'on yóok'ol jumpéel nojchil xóot' che', p'aaten in wúuye'.

Je'elo' tuun, leti'e, yéetel u seten jajil t'aane kaaj u yáalikten beya':

—Tso'o'kol k-meentaj u meyajil U muk'ul jumpéel inaje' kaaj teitabech, úuch káajak in cha'ankeech. Ts'ook in wili jach péeknaja'an a wóol tumen ma'atech a k'a'ajsik t'aano'ob, yicho'ob yéetel bilimo'ob ku yila'aj, ku wu'uyaj ichil wayak'o'ob. Jach sakpilen a wich tumen mi ma' tu páajtal a wenel. U kaak' k'iine' ka oxonajech ixi'im, ta k'itaj yook'ol lu'um ma' ya'abo'obi'. Tin ts'aylanto'ob yéetel ts'iib ka chikpaj jumpéel chikulal ku yéesik k'ana'an k-payalchi' tia'al a k'a'asik a wáayak'o'ob ka pajchak a meeyaj yéetelo'ob. Ma' ya'ab máako'ob u yojelo'b u muk'il wayak'o'obe', u t'aanil u muk' wayak'ob; beyxane' jumpéel muk' mina'an u xul wa je'e u k'aoltiko'ob u belil u k'ik'elo'ob. Le ba'ax kan a wil te'elo', wa ku paajtal a

wilik, ma' je'e tuun bin a wile', mix ku wila'aj ti' tuláalkal le ba'axo'ob ka wilik, ix xan ti' tuláakal le ba'axo'ob ts'o'k a wilik way kaabe'.
Ma' u tuch' u si' tu páache', chen ts'ikbe'en u yich, ka tu ya'alaj ten beya':
Chéen ba'ale', bejla'e yaan a wóojeltik le ba'ala': tu taanil óoxp'eel k'iine' ken meyajnajo'on k'a'ana'an ma' a jant mixba'aj. Wa ka wu'uyik jach wíijech, wa ka wu'uyik ma' ta ch'aktik wíij, ka wuk'ik ja', wa kab. Mix ba'al u láak'. Le ja' bin a wuk'e sujuyil. Tech yaan a jo'osik ti' jump'éel ts'o'ono'ot táaka'an ichil k'aax ma' tu k'uuchul kix juntúul ba'alche'o'ob. Le sujuy ja' bin a ch'ae, chéen tech yaan a taasik waye'. U k'iinil' meyaj k'a'atchi'ob yan a jets'ik a pixan; le k'iine', beyxan u láako'ob ich la kuxtale', ¡je'e bix xan ma'a ya'ab k'iino'obo k-beetik! utia'al ka u paajtal kaajalkaba ichilech; beyxan yaan a tu'ubsik a k'aaba' tu'ux ka t'aanaj ich ta wotoche' yéetel ti'tumen u láak máako'obo. Ma' u ja'ak'al a wóol. Chéen ti'e k'iine yaan u tu'ubsik a k'aaba' tumen ichiltech yaan u kuxtal ka'ap'eel k'aaba ichil ti' jump'elilie'; jump'éle', muk'nal k'aaba', yaan bin a ta'akike' ti' tuláakal máako'ob je'e bix ti' tene'. Le k'aaba' a muk'nal k'aaba'. Chéen bin kan a bisej ichile meyaj táan k-beetik ichilo'one; yéetel u láak' k'aaba' yaan a bisik utia'al a nukik t'aan ti' to'one' wa ti' u láak' máako'obo. Kin ka'a wa'aiktech, u k'iinile noj meyaj bin k-beetike' yaan a ch'aik le k'aaba' ku taal ti' u t'aan ik'e' wa ti' ken a wu'uyik ku péek ich u jum a puk'si'ik'al. Yaan k'iine', wa u k'áato'obo', juntulo'obo'. Le muk'nal k'aaba',

chéen jump'élilie' ti' máak ku meyajtik yéetel u muk'il u wóolal, bin tuun je'e u sutkubaj a éets' k'aaba'… Chéen tech bin a wojelte'. Mix u láak' máak bin u yojletej. Chéen tech… chéen tech…
Ka ts'o'ok u séebil t'aane' tu ya'alaj ten:
—Le muk'ul k'aaba', mix máak ka u yojelte, chen tech. Muuk' ku ts'aike' ku bin u ya'abtal. Ma' tu bin ti' tech, wa ti' mix maák ka wáalik tu'ux ku tal. Le muk'ul k'aaba' u muk'il a wóol, wa ka óojeltak' tumen u láak' mako'obe', je u pajtal u sa'atateche'. Beyxan in k'áat ka a wojelte le ba'ala'…

U láak ba'al bin in wa'alteche', ta'aytak u káajal k-k'aatchí, yan a jóok'sik ta pol k'ak'as túukulo'ob ku k'axik a pixán ta bak'el. Le ba'alo'o'ba' ku k'axik a wóolal, je'e bixe k'ak'aswayako'o'bo, u ta' míss a pixán. In k'áat ka a wojelte', kex ts'o'ok a wójeltik, le muk'ult'aana', jach je'e bix jump'éel je'k'alab. Utia'al ka a je'eik u joolnaj a pixán, beyxan utia'al ka a kanik a k'alike': ti' teche, ma' sansamale', utia'al ka a k'alik ti' máako'ob, yaan k'iino'obo' ku okskubao ichil ti' teche' utia'al ka paatak a paliltsilta'aj. Le muk'ult'aana', beyxan u láak' k'aaba' ka bisike' yaan u sutkubao' chéen juntúul ichil teche'. Chéen tuun, wa a k'áat a wojelte', bey xan wa bin a k'áate', yaan a ch'amuk'tik tu ka'atuulo'ob, utia'al a wáantik máako'ob, wa ich k'ak'as sajbe'en yéetel k'oja'ano'obo'. Tech yaan a wojlete', ich ti'e ba'alo'oba, wa a k'áate' ka a ch'aik ti' teche, beyxan; wa a k'áate', ka ch'aik utia'al a wántik u láak' máako'obo'. Tech, tak bejla'e,

chéen ts'ook a wu'uyik a k'aaba' ts'aba'an ti' tech tumen a
yumo'ob. A kaajlantik a muk'nal k'aaba ku beetik u paajtal
a kaajlantik u láak' a k'aaba'; lela', kex sanasamal ka wu'u
yik, mix junten ts'o'ok a kaajlantik. Kaajlant a k'aaba'.
Kaajlantej. Wa ka kuxlantik a k'aaba', ti' ichil a puk'sí'ik'al,
mix junten a kukutil, mix junten a wóolal je'e u paajtal u
sutkubao'ob je'e bix jumpéel naj ma' kaajlanta'an. K'aaba'e
u jayil u kukutil a wóolal. Yaan máako'obo' tumen ma'
u wóojlo'ob u muk'nal u k'aabao'ob, yaan chéen jumpéel
yantio'ob, tso'o'k u sutko'ob, kex ma' u yoojlo'ob ich
jumpéel koj wa jumpéel u sóol ti' u kukutil…
Tu xule', in yakun wáabil wa ka sut a wayak yéetel ku
paajtal a kaxtik a muk'nal k'aaba' ich ti'e meyajo'ob, bin
suunakech ti' Aj p'uj wayak' káache', ti' mejen Aj p'uj u
sa'astal káabe'…
Tu oknalk'íinil bolonlajun ti' u wiynalé tse'ek tu ja'abil mil
novecientos sesenta y uno, in nool k'uch tin wotoch tia'al
u t'aan yéetel in yum yéetel in na'. Ts'oka'an u tsikbalobe'
ka ts'ab in wojelte' ma' tun kun xíi'iken xook tu láak' k'íin,
tumen yaan in bin ichil k'aax yéetel in nool.
Tu éek'joch'entaj ka jo'ok'o'ob, in nool yéetel in yum u
yúk'o'ob chukuá, jaxa'an tumen in na', ku ts'okole' ka bin
tu yotoch.
Tu yáajal káabe, ma' táan k-beetik jum, in yum tu bisen
te tu jáalpach ch'ol pak'al, tu'ux in nool táan u pa'atiken.
Ka tu k'ujsen in yume', in noole' u lí'ismuba', ka'aj tun
bino'on.
Te tu bele kóolo' kin bin tu pach in nool.

Akta'an ti' letí', péenk'ech pek'o'obo' ku mano'ob táani, bey
xan ku p'aatalo'ob páachíl, tu bino'ob táanu yutsbetinko'ob
u wixo'ob te'ej nut' bejo': u k'aabao'be, X-Navai, J-Bok'bok'
yéetel J-P'uruxe'. Kin wiliko'ob te tu jul ch'uyub sa'as u
mach'má in noolo'.
Ik'il bine' ti'e' nut' bejo'ob, maasobe' ku yilko'ob u man
k-oochel. Tumen táan k-bin xíimbal, ts'ook u ch'uulu in
xa'anab-k'ewel yéetel p'uja'e.
T-pache', ti' chik'íine', u xet' Uj tu yilaj k-jok'on ichile
ch'ol pak'alo', ts'ook u balkubaj ichil u k'ab che'ob: je'exe
ts'aalame'; ts'its'ilche', yéetel u kuch kí'ibok nikte' yan
tu káabil; x-k'anlólo' u chúujmuba te tulaákal che'ob ku
éejoch'entik k-bel lak'íin…
Ta'aytak k'uchul tu'ux k-bin, ka káaj wu'uya u tóojoltik
peek'o'ob juntúul ba'alche' ku ya'alka' pachko'ob. Ichil u
ya'alkabo'ob ka'a tu p'úusobe baa'cho'obo'. Juntúule' óolak
u jéentanten, óolak in p'at u lúubul in chuj. Mi yaan ba'ax
ja'as yóol p'ek'obo'ob tumen súunajo'ob t-iknal ma tu jawaj
u chi'ibalo'ob… In nool tu tupaje ch'uyub sa'as, ka'aj
éejoch'enchaj in wich takchaj in walkab, chen ba'alé in
nool tu cháachaj in x-ts'ik k'ab. Ka tin wu'uyaj
u mach-kené ka'aj jaw in kikilanki.
Jeelo tun, Ppek'obo'o jaw u tóojolo'ob ka'a, t-ka'a ch'ajoltaj
nut' bej.
Jach nuka'ajo'on okoj ichil kóole' juntúul ts'abkan tilixnaj
u ts'ab. Ka'aj jo'op'o'on xa'ak'al tu yáanal tikín che'ob
yéetel ako'ob; t-káaxtaj u kots'muba', u tich'ma' u pol.
Ts'íik chaja'an tun juul u yiich, ma' tu chaik k-máan. In

nool ma' su'ukti u chaik u bin, ka tu t'aana' chambelil ti'e' ba'alche' kan, tu ya'alajtie' ka u chaik k-máan. Káane', tu yéemsa u póole' ka binij. Síit' xíimbalile' ka k'ucho'on ti'e p'asel ichil u kóole', ma' sá'asakili'.

Te tun chúumuke kóolo' Nojk'ankab. Ichil éejoch'enil chen ch'eneknaki', mixbal ku péeki'. Tu ts'el in nool, mejen Ah P'uj u Yáajal Káabe', ti' yano'on táan k-p'ujik píi'sas. Leti'e' xoolokba' tin páache', u xit'maj u k'ab tu táanil in pool, tu páatik u chikpajal jumpéel chíikul, táan u sawalchí beya':
—"Óoken tak'an, jóok'en cheche'... oóoken tak'an, jóok'en cheche'... óoken tak'an, jook'en cheche'...".
Tene' chilikbalen, x-ma' nook'il yok'ol wolis po'op béeta'an yéetel kí'ibok xíiwo'ob, je'ex x-kakaltune'. In wíinklil t'alakbaj ti' lak'iin. Ki' u book síis lu'um yéetel u buuts'ilankil pom te ma' náach tu'ux yano'ono'o: jumpéel p'asel ts'íikta'an, paak'al ts'in, ts'ets'ek u kulul chi', junkul noj x-yaxché tu'ux ku beeta'al páayalchi'ob.
Ma' sáamé in nool tu jets'a' u payalchi'.
Jun súutuke' ka' ka'aj u k'aam ch'i'ik u yiik'. Tin wilaj táan u kikilanki yéetel jéelpaj u t'aan. So'ojchaj u kal. U t'aane' bey ma' u tia'ale'. Tin wu'uyaj u t'aane' bey táan u jok'ol ichil u taamil jumpéel sajkabe'; tio'lale' ba'ax tu ya'alaj ma' tin na'ataj, mi leti'e' táan t'aan tí' úuchben t'aano'ob.
Ku ts'okole' ch'ench'enak, xanchaj mix bal ku peek.
Jun súutuke' ka' ka'aj u t'aanik íik'obo'ob: lak'iin, chik'iin, nojol yéetel xamán.
Tu óoxteen u paayalchi' ka' ka'aj u juul jumpéel chokol iik', taal tu bel lak'íin tu taal u táasik sojol che'ob.
Chen ka tin wu'uyaj in xíixmukuyta ka tin wu'uyaj junpéel chajlil tuláakal in wíinikil. Junpéel jats'uts ch'oj sa'asil tin wila', ka suunaj k'ank'ani tu meka' k-wíinkili. Ka xuxubnajil juntúul bech', ku ts'o'kole' ch'ench'enaki tu ka'aten. U t'aan in nool tu jóo'sen ichile ch'ench'enakil, ka tu ya'ajten:
—"Tio'ólal a k'i'ik'el bin a wóojelte' tu'ux ku tal u chun a wíinklil, u chun a úuchben a ch'i'ibalo'ob...".
—"Bálé, tio'ólal a wayak bin a wojelte' tu'ux ku tal u chun a pixan, tu'ux ku tal u chun u xul a bel..."
Tu ts'oke', ka tu ya'alajten:
—Wayak'e' ma' tu xu'ulul, je'ex u ch'éejel u ch'i'ibal wíinike'. Yan k'íine' ku ya'alaj kimen k-wayak' kex kuxa'an. Kex k-wayako'ob ma'ach u xu'ulu: ma'ach u mu'ukul, tumen ku ka kuxtal tu ka'aten
Ma' tun tip'ik k'íine' kun beeytak u wayak' k-ch'i'ibalo'ob, bin suunak ja'ajil, bin taalako'ob t-iknale ken k-payt'aanto'ob yéetel u muk'il ch'eneknakil, u muk'il iik', u muk'il t'aan.
Ma' u tu'ubul tech: wayak'e' ma' u tia'al a ta'akik ba'ax a woojeli', mix u tia'al u báaxal yéetel a néen olí. Wayak'o'obe' u sa'asil chan kisnebil a wíinklil, u tia'al u ch'i'ik u muk' a pixan. Yan k'íine' ka wayaktik ba'ax úucha'antech, wa ba'ax bin úuchuktech, bey xan ku p'atik u chikuliloob.
Wayak'e' u meyaj pixan u k'aat pu'ts'u ti'e wíinklil tu'ux

u k'almuba'; k'aas a wayak' u tia'al ka pajchak u bin tech
ma'alobil ichil a kuxtal.

Wíinik ku kuxtal wa ma'atech u wayak'e', wíinik kíimen
u kuxtal. Ba'ale', ¡máak ku wayak' ma' tu jajkuntik u
wáayake', ots'ibin! Ch'a'apachta'an tumen u k'ak'as wayak'e,
ku bisa'al u wenel, ku peksal u yóol tumen ba'alo'ob ma'
u tia'ali'.

Ment'maba jumpéel ba'atel wíinik, ma' tu xúulu' u lox,
yéetel a wayak'o'ob; beyxane' kaxt' ichil techee' ba'axo'ob
ka ch'apaxtik.

Ts'a a wóol ti' a wayak' tio'olal ma' u palilts'iltech máak,
mix tech xan ka palilts'il a láak', tumen ts'o'ok a wojeltik
u jaajil a kuxtal.

K'a'as u kambesaj u nojtuukul a wayak' tio'olal
u jeelpajal ba'ax ka tuklik.

K'axa ja'e' u wayak' ja'.

Búuts'e' u wayak' k'a'ak'.

U ch'o'ojil ka'an u mantats' wayak' íik'. Ba'ale' teche',
beetanech yéetel k'an ixí'im,

je bixe' sáasil ku julko'on. ¡Aajen! ¡P'il a wich! ¡Je' a pixan!
¡Tech, u tet wayake lu'uma'. Máake kuxa'an ma' tu wayak'e',
mina'an u pixan, kíimen u kuxtal, kex ka kuxlak ya'abach
ja'abo'ob.

¡Kuxlen! ¡Jajkunt a wáayako'obo'! ¡Cha' u julkech u
sa'asil!, tumen a kuxtal, wayak' wayak'ta'ane', mix bikin
u kíimil...

Ka tin p'ila' in wiiche' tu sataj in wóol u síibal u yajal
kab: tu chun ka'an, k'ank'an yéetel chak múuyalo'ob tu

bukjets'o'ob in pixan.

V. U k'uubul k'aaba'

Ikil táan in páatik ka k'uchuk in nool ti'e kóola'
kin wú'uyik u kí'ibokil k'aax táan u taasik ten u
ik' oknajk'íin. Jach kí'ibo'ok u le' xiuo'ob ts'o'ok
u ch'ulik k'aaxa ja'e; beyxan, kí'ibo'ob junp'éelilil
nikteilo'ob, u la' k'iin suuk in bin t'okik tia'al in ts'a'aik
ti'e káakab tu'ux ku payalchi'taj u yum k'aax. Ba'ale'
tene' kin k'á'at'chi'timbaj, ¿Ba'axten ts'o'ok u xaantaj u
k'uchul in nool te kóola'? Tene' ts'o'ok in béetik tuláakale
ba'alo'obo' tu yáalaj ten in beetej: beyó, ts'o'ok in béetik
jump'éel jool tu k'aataj in panik yáanale kulul che' tu'ux
suuk k-beetike t'ichililo'ob. ¿Ba'ax kun u oks ti'e joolo'
kin k'áatkimbaj ? Yan k'íine ku béeteik ba'alo'ob ma'
tin ná'atik. Ken in k'aatik ti' ka u ts'olik ten, ki'aik yaan
ba'alo'ob chéen ku beetaj, mina'a'n u ts'oloj. Tech'e
táan a kuxlantik ja'bilo'ob chéen tia'al a wu'uy t'aan.
Bejlae', jach chí'ich'naken. Ma' jach kí in wool in páatik
ka seeb taakak. Yan k'íino'obe'. Tumen ku xantal u taal
tin wetele', jach kin ch'a'ik k'uxil tumen tia'nen tin jun,

je bixe ti'e' oknajk'íinaj táan in páatik u taal u yum in na'e, ba'ale' ma' tu k'uchul. ¿Ba'ax bin k-beet ti'e áak'ab wa ich ja'atskab? Ma' sáame' tu wú'uyaj, ma' na'ach waaye', u wak jump'éel ts'on, taak tin tuklaj mi leti'e. Jump'éel k'íine' ken táan in páatik tia'al ka janko'on, k'uch yéetel jump'éel ts'akan. Tu lúusaj u poole'. Kaaj ts'o'o'k u ch'uykinsik tu chun óokom che', tu jo'osaj u yoot'el ti'e ba'alche'aj; ku ts'o'okole', tu lookans'kunsaj. Óoxp'éel k'íino'ob k-jaantaj. U la'ak' k'íine', ts'o'ok ma' jaanko'oni, chéen ja' k-wuk'aj, bin u ch'a'a jump'éel tsa'kan. Kaaj k'uch yéetele kano', kaaj ts'o'o'k u ch'uyik ti' tu chun óokom che' ti'e p'asela', tu xotaj u pool tia'al u jok'ol u k'i'k'ele kano'. Yáanal u wíinklile ba'alche'a, tu t'akunsaj jump'éel luch tia'al u mol u k'i'ik'. Tu ts'o'ok'ole k-uk'aj tu taanil jump'éel ts'olanil. Tene' kin wu'uykinbaj mi k'askala'anen, ba'ale' ma' tin tu'ubsaj le payalchi tu t'aanaji in nool. Ki'aik beya:

—Oxlajun pilin suut bin kun u beet a pixan ti' tu ba'pach ts'ono'ot'; oxlajun pilin suut bin kun u beet a pixan ti' tu ba'apach k'a'ak'; oxlajun pilin suut bin kun u beet a pixan tí' tu ba'apach íik'e'; oxlajun pilin suut bin kun u beet a pixan ti' tu ba'apach lu'ume'. Ti' tu'ux walakbalech; ti' tu'ux múuka'an a tuch: yáax ti'ichilil a bak'el tia'al u jant' k-lú'uma'; yáax bo'otil utia'al maak ku aj-kanantik a pixan, ti'ich'ilil janal tia'al u na' u chunil a wíinklil.

Tio'olale', ku k'uubu tech a chulul, ku k'uubu tech a che'jul, ku k'uubu tech a léej, ku k'uubu tech a xíu, ku k'uubu tech a tuunil, ku k'uubu tech a tu'uk', ku k'uubu tech a boonil, ku k'uubu tech a iik'e, ku k'uubu tech a k'aaba'. Ku k'uubu tech, ku báabakta tech, ku ta'ak'a tech, ku paak'atech.

Kun tia'al a kaxtik u wo'och a wíinklil:

Ku k'uubu tech a chulul, ku k'uubu tech a che'jul, ku k'uubu tech a léej, ku k'uubu tech a xíu, ku k'uubutech a tuunil, ku k'uubu tech a tu'uk', ku k'uubu tech a boonil, ku k'uubu tech a ik'e, ku k'uubu tech a k'aaba'. Ku k'uubu tech... ku báabakta tech... ku mu'uk'u tech... ku ta'ak'aj tech... ku p'aata tech. ¡Bik a tu'ubse'!

Ka beychajak tia'al a kaxtik ich u sáasil ja'e, te taj nojoch ts'ono'oto'; ka beychajak tia'al a kaxtik ich waak'al k'a'ak' ku yéelel ti' ta wootoche'; ka beychajak tia'al a kaxtik ti' ichil u tomoxchi' ik'e; ka beychajak tia'al a kaxtik ich u ki'ibokil lu'um, yo'omchaja'an tumen u sa'il a toon, ku ts'aik wóojet bin yan u suut a ch'í'ibal way kaabe'.

Kun tia'al a kaxt' mix junten u xú'uluj a pixan ku k'úubu tech a k'aaba'.

Ku k'uubu tech a k'aaba', ku k'uubu tech a tu'uk', ku k'uubu tech a boonil, ku k'uubu tech a iik'e. Kun xan, beychajak a k'aaba', k'aayil ch'í'ich' ich u yáajal kaabe', kunal ku níib óolal ku béech'jo'oltik u léets píik'ilsáastal; kun xan, beychajak a tu'uk', yant u tuunilo'obe', ken u yil tu paach píik'ilsáastal, chunkáajal u muuk' a t'aanil; kun xan, beychajak íik'e tu píik'ilsáastal u kich yíik'el u muuk' ch'ench'enki, tu k'íino'obe' ken yan a ta'akik a t'aane', ti'o'lal chéen u yik' k'uil ka u kaajalbatik yéetel u ajauiltik ich u muuk' a puk'sí'ik'ale'; kun xan, beychajak sáasil xíik'nal iik'e', t'aano'ob ku kaxt'ko'obe' u poop pixanil, je' bix ts'olxikin, je bix payalchi', ka u me'ek'k'inko'ob u sóol a wíinklil.

Tio'o'lal túune, ku k'uubu tech a k'aaba'.

Ku k'uubu tech, ts'o'okol u beetik oxlajun pilin sut ich u tu'uk'o'ob oxlajunil tu'uk'o'o te' ka'analo'. Ku k'uubu tech, ts'o'okol u na'aksik oxlajun eebo'ob tia'al u k'uuchul tu kaajtal oxlajun k'atchi'o'ob yéetel tu kaajtal oxlajun nukilt'aant'aano'obe'.

Ma' a tu'ubsik ku k'uubutech a k'aaba' chen tia'al a wu'uyik. Chen tech bin kan a wóójelte. Chen u tia'al a k'a'asik'e. Kich k'aaba' wíinike', u bel tia'al u kanantik yéetel tia'al u ts'ik muuk' u pixan, ¡ma' a tu'ubsik'e!, mix junten ku ts'íibtaj; bey xane' u k'aaba' a muuk', muuk' bin je' u nojochtale' yéetel bin je' u ch'aik nukuch muuk'e, wa ka ta'akik tu'ux ku tal, wa ta'akik tu'ux jajil u chuune'. Mix máak bin u yojelt, chen tech; tumen ti'e, kuxlaja'an ich a pixanil, tia'an a muuk' te' way kaaba'.

Ku k'uubu tech, ku bakakta tech, ku ta'ak'a tech, ku paak'a tech. Ku p'aataj ich a wíinklil. Ku p'aataj ti' ich a pixan, a pixane' u sóol ich a k'aaba".

Kun in nool tan u bin chambel tia'al u je'elsik u t'aano'ob te káajtal mixba'al táan u jume', tu'ux táan in wu'uyik k'ala'an in wíicho'ob.

Ken tulaakal p'aat ich ch'ech'enki, kaj in wú'uyik bix istikia táan u ch'a'ik u taam yiik', tak mi bin tinwú'uya u chan jum u muuk' u wíinklil. Je' bix mix junten in

kuxtal, tu ts'o'ok úuchak k'a'at áak'ab t'aanil tu suutaben ich u jaajil kuxlac ti' in k'aaba'e, ti' u jump'éelili x-ma kaputmenta'an káajtal ti' in k'aaba'e, ka tin p'iilaj in wíich, tin wú'uyaj jach jáajen ten', ba'ale' jelpaja'anen. Bin táan in wú'uy, bey, ba'ale' yéetel ch'e'kunajil; kin páakat, ba'ale kex ka in k'alik in wíiche' ku páataj in okol yéetel in jóok'ol tu pach sáas u to'o sen ba'alo'ob. Kun tuune' tin ch'a'j sajkil. Sajki ti' ma' bin in suut je' bix síija'neni'. Ten baaka'anen, ba'ale kin wu'uykimba jach jelpaja'anen, k'ex tu beetaj u peek in woole', ke'x tu beetaj u sat in woole'. K'aat tun in púuts'ul, ba'ale ¿tak tu'uxi?. Je'elo' túun tin k'atchi'timba, ¿ba'axten k-púuts'ul ti' ba'ax ku jelpankunsik máak, wa túun ti'e púuts'ulilkimbaj, kin wíilik táan in luubul ti' tu núup' péek óolal?

K'ala'anen ti'e satunsat ku beetik u péek in óolal kin tuuklike' u jach ch'a'abil, ba'ax ma' istikia'e, bin p'aataken ich in x-ma anak'eni yéetel anaken je' bix u k'aat' u la'ak máako'ob. Ba'ale', bejla'e kin waik- kimbaj: ¿ba'ax kin in beet yéetel u muknal in k'aaba' te chúumuk satunsat tu'ux u le' kulcheo'ob, ku sutkubao'ob ich seten ya'ab icho'ob, ku yilko'ob u péek óolal in pixan ma' u k'aat ka kexpaja'an? ¿ba'ax kin in meent yéetel in k'aaba' beyxan yéetel in w'iit k'aaba' ch'i'ibal, ich chúumuk u k'as jumil xokaj, ti' ju'unil tu'ux ku ta'akaj kajlayle' yéetel xinxinbal pix xook u k'aat u sutkeno'ob ich juntúul wíinik mina'an u pixan, mix u chikulil, ich xane' máak mina'an u yich?

Iche ba'bak'il, yéetel te chúumuk bej, wa in k'aat in sut

je' bix ma' úuche', bin yan in p'aatik in tunben k'aaba' ku béetik in wu'uykimba jela'anen yéetel péeka'an in wóole'. Ba'ale tu páatal in béetik. Chúunpajal ojetl-taba yaan wa'akunt tulaakal. Pekóolaltaj. Unaj bele' tia'al jóok'ol ti' tu táanil, binaki' p'aataken ti' ich jump'éel úuch j-almajt'aan in wu'uymaj tin in nojochilo'obe', yayko'ob beya': péek a wóol, ti' xan u péek a wóole'. Jaaj, péek a wóol ti' u péek a wóole' ku yaik' máko'ob juntenake', péeksa'abanajo'ob tio'olal péek óolalil, bey xan tu ts'o'oksajo'ob u jaatik-ko'ob u tuus u neenilo'ob.

Ba'ale', ti'e áak'aba', tu chumuk in táankelem, ken xuliki k'aabéetchaj ten u yich jajil, ken xuliki bel mina'an k'a'asil, ¿bin páatak ten u péeksaj in óolal ti' u chunil in úuchben k'aaba? ¿ba'ax kí'i kímak óol wa su'lakil ku wu'uuyiko'ob wíinko'ob, ken k'uxil yéetel u chun u wí'itil, ku suutk'exko'ob u táanil k'aaba' yéetel u k'aaba' ch'i'ibal? Kun, téelo', waalakbalen bix ken chumpaj tich'e, bey xan táan u ya'akachteno'ob, táan u chi'keno'ob, péeksaj óolo'obe' bin ku bino'ob yéetel ku taalo'ob... tak tuune' áak'abe' tu béetubaj ya'ab xéet'ilo'ob. Je' bix u jum ts'one' ch'ench'enkina'an ti' óolal u sáasil tu'ux ku jopt'al k'íine, áak'abe' tu ts'íibtaj u xul u k'aaba'e yok'ol u xíik'o'ob soots', léep óolta'an, bin u kaxt mak bo'oy ich u satunsáatilo'ob ti' jump'éel áaktun.

Ken tin p'iilaj in wíicho'ob, tu píik'ilsáastal, tu sáastalil. Tich'ile' xantaj uukp'éel xet áak'abe', tu bisaj u xiixil je' bix anaken, taanil ti' tich'il. Ti'e chan súutuko'ob, tin tuuklaje' ma' bin in tu'ubsik tulaakal ba'alo'ob ts'o'oka'an

u kansajten, beyxan áalab tene' ma' bin u jak'al in wóole', kex yan u bin máanak k'ino'obe'; je'lo túune' tin téetaj u bel lak'íin, tin yéetaj ximbal tu táanil bej. Ich ti'e ximbal bej in wojetl mina'an u páajtal in suute', p'aat tu sáasil in poole' bin in k'aaba, yéetel ti' ka biisaben tia'al u ts'íibil tu Kuchil tu'ux ts'íibtaj u k'aabaj tumben síija'an xibpal wa x-ch'upal, ku manak u béet kajnáal ti' in wíinklil; yéetel u láak, muknal k'aaba' eesabten te áak'aba, ku máanak u béet u kajnáal in pixan.

Máanak k'íine', in nool tu ya'alaj to'one yaan sut ti' te ch'ol paak'ale'. Bey xan tu ya'alaj to'one, tuláakal áal kuch ixí'im yéetel u núukul k-meeyaje', beixan nuukuch k'umo'ob, bin yaan u na'aksaj ti'e núukul kuch ku kóolik ts'imino'ob. X-k'ots maaskabe' yéetel ka'p'éel ts'onob, wa ku k'abeetaj, Mauro yéetel Goyo, yáalo'ob yum Feliciano Tuze', ku táasko'ob ma' na'ach tu k'abo'ob.

T-suut kaajale', ti'e úuch bej', belil ku bisko'on Uxmal, ti' tu'ux k-bin X-Nojlane', X-Xikinchaje' yéetel X-Kolojche', k-ilaj ya'abach núukulo'ob kuch kola'an tumen ts'imino'ob. La'e manak xinxinbal, k'as u jumo'ob, yéetel táan u bisko'ob u áal kuch ixí'ime', tin tuuklaje, mi bin je bix jump'éel much'bal kí kí ximbal táan ílik ti' u k'ino'ob ja'ja'lil, bey xan je bix jump'éel máank'inal kí kimanskubao u yóolo'ob ichil ti' béejo'ob. Chen ba'ale', yan k'íine u ba'atel peek'o'obe', ku oksik k'uxil ti'e jach u kí kímaktaj u xiximbal máako'ob.

Tu chúunpajal k-xinxinbal t-suut kaajale', tene' tan in taal yok'ol u kuch ixí'im. J-Mauroe' u chukma' jump'eel sun yéetel u x-ts'ik k'ab'. Tu ts'eel, yum J-Gregorio, in nool, yéetel yum J-Feliciano, u hach-el, jach yéetel u ki'ki'mak u yóolob táan u tsikbalo'ob ichil úuchben k-t'anno'ob. Le'itio'obe' ku tsikbalo'ob bix ku jo'ok'ol wáayo'ob, beixan táan u tsikbalo'ob bix kuxlajo' uts' wíiniko'ob ti' k-lu'uma', tsikbalilo'ob, mix junten tin kaxtaj ichil u pik'il ju'un ti' tu'ux kinbin xook. Ba'ale ti' tene', uts' u kí kí in wu'uyik u tsikbal in k-laats'ilo'ob, ma' túun ba'ax in p'eek yan in kanik tu kuchil xook. Ba'ale, tumen táan in wu'uyiko'ob bix táan u tsikbalilo'obe' ku béetiko'ob in chan wéenej; ba'ale kan in wu'uyik u taj jum u núukul tu'ux ku ja'ts'a ts'imino'ob kin chan áaja'.

Júumile', yok'ol u pach ts'imino'ob, ku béetik in ya'ajal ich u jak'a'an in wóole, tumen yok'ol ti'e núukula' kin wu'uyik k'as u jum, tumen báalche'oba' ku na'asko'obe kucha' yok'ol nukuch tuunicho'ob. Ti'o'olal k'aas u jume núukula', tene' táan in wu'uyik u núumya, u yauat, kin tuuklik mix máak táan u wu'uyik; chen tene' kin wúuyik tumen kulukb'anen tu ka'anal ti'e t'ajlak kuch ixí'ima', jach chich u pach. Bey, kin tuklik, lae nuukula' táan u bisik tu yok'ol u áal k-to'one'; ba'ale' tene' táan in bisik u áal in nuumya'. Ba'ale' xan, ¿ba'ax jach áale? U áalile nuukula', jela'an in ti'a'al, ma' jach kéetchajalo'ob. U tia'al junp'éel kuch, in tia'al núumya'o'bo'. Lae nuukula', ken luk'sak u kuch ku jéelelkunskikubaj; ba'ale' in núumya'bo'bo, bin kin wu'uuyik jach taj áal.

Ku ts'o'okole', á'alab ten:

Táanilil bejla'e', bin a wóojetl u lox a t'aan, ma' tia'an ichil u múuk' a wínklil, tia'an ichil u muuk' a k'aabae', u taj muuk' a pixan.

Ken k'ucho'on ti' tu ch'ol paak'ale' ts'o'ok u éejoch'e'ental k'íin. Ti'e áak'aba', áalabten, yaan in wenel naa'ach ti' in laats'ilo'ob. Ka áalabtene' t'aano'oba', ma' ki'kimakchaji in wóol. In ch'áamaj sajkil tumen táan in túuklik mi ma' bin in ch'ench'enkinajtik le muk'nal k'aaba' ts'abanten u búukint' in pixan; bey xan a'alabten, mix maak bin u yóojelt le k'aaba', chen tené tumen su'utanen u muk'nalil. Wa bin u k'ajoltik tumen u láak' máakoobo', je'e u páajtal u béetalten k'aasil". Le áak'aba' kaaj p'aataben in wenel tin jun chen óok'ól tin beetaj; tumen u kuch le k'aaba' ku peech'kuntik in wíinklil, ku peech'kuntik in pixan; beixan tin oksaj óolkuntikaj, ma' tun bin in ta'ake' tak tu xuul in kuxtal.

Máanak, jun jats' áak'abe', ma' tin wóojeltaj ba'ax úuchi tené, u ka'ana'an in wíinklil ichil in núumyá tu béetaj in wéenel; ba'ale, pakchaji' in k'a'ajsik u wíimbail in nool, je'e bix tuláakal u t'aano'ob tu ya'alajten:

Tia'al k-kaxantkeche', ma' t-béetaj chen ch'a'abili'. K-tukuulnajo'on mi ma' tech u jáajil wíinik bin kun u bisik' muk'nal k'aaba' ts'o'ok a k'aoltik. J-Ramone' yéetel J-Gonzalo'e jach naats'ob' tia'al u bisko'obe tich'ilil ka bisik tech bejla'e. Péeksajbi k-óolal ich táan kaxt'kech. Tia'al ojelt yéetel u jáajil max kun u kuché muk'nal k'aaba', to'one yanchaji j-k'aatik ti' u láak' máako'ob u yoojelt le ba'alo'oba', bey k'ucho'on ti' tech. Ma'a tu'ubsik tumene k'aaba' ku jaajkunsik u p'áatal k-ch'i'ibal ti' nojk'ajlay' beyxan ti' u máan k'íine'.

"Bejla'e, je' bix úuche', u k'aaba' ku bisik juntuul wíinike', u kuch. Wa ku bisik yéetel u ts'ikbenil, ma' áalí; wa ku bisik yéetel k'uuxil, ku ka'ansik. Baylili' púust u éekil a k'aaba' je' bix ka púust ta' míis ichil a wóotoche tumen a k'aaba' u naajil a pixan. Wa a k'aate', a k'aaba' je' u páatal u beykunskubaj je'e bix jump'éel sáas mina'an u xuul; chéen ba'le' wa ka p'aatik u ts'ikbenil, a k'aaba', in jach yaabilaj áabil, ku suutkubaj je'e bix jump'éel jumil sool ku xulika kuxtal. Bejla'e, yan wíiniko'ob chéen u k'alo'ob u k'aabao tumen baililí ku yáalatio'ob; je' túune k'aaba' bey jump'éel ka'juum que xu'uluj yéetel u kuxtal. A tia'al, a muk'nal k'aaba', wa a k'aate', wa ka suutik je'e bix u naajil a pixan, je'e u beytale' bix ik'e ku yo'omaltik u suut a chi'ibalil: leti'e, u junjuntul ba'al yaan u kuxtal, mix bik'in ku kíimij way yok'ol kaabe'.

VI. U muk'nal ch'íich'o'ob I

Táan u taal sáastal.

Te ichile naj búuk ta'an yéetel xa'an yéetel bak'a'an u paach yéetel che', xa'ak'bil luuk' yéetel su'uk, súutmansutukile' uchak in wu'uyik u múus iik' in ka'a íits'ino'ob yéetel in nool J-Gooyóo. Súutmansúutuke', tu yáam u k'éeb je'ek'abile noj joonajo', yum iik'e' ku ki' síijto'on u ki'ibokaankil junkúul pichi', p'uunlil yéetel yicho'ob ya'ax yéetel k'aank'an tia'al u taal u káajal ja'ajalil.

Walkila' tuláakal taan u wenelo'ob ma' u yojelo'ob wa tene' ma' béeyak in weneli', yéetele', táan in k'a'ajsik bixe ja'ats'kab k'íino'ob ka'ach tia'al in bin tu naajil xook te'e kaajo', kin xíimbaltik tu yotoch in nool tak te'e nojoch joolbej ku jóok'ol te'e noj bejo', ku ki' bin in ch'a'aboktik u kí'ibokil sak nikte yéetel u nikte pak'áal ku ki' chaambel yúunta'al tumen bini'it yik'el kaabo'ob, ka'alikil táan u juumo'ob, bey je'ex u ts'o'okol u juume k'aayo'ob k-u'uyik ich láatine', ichile payalchi' ku beetike Yum K'iino'ob tu K'ujnajile kaajo'.

Bey u juuma': Mmmmmmmmmmmmmmmmm…
K'aja'anten.

Jach táan u taal u píik'ile', xa'ak'paj u popokxiik yéetel
u k'aay t'eelo'ob yéetel u jum u k'olomil K'uj naj, mix leti'
xul u je'elel in nool.

Jaaj, walkil p'ilil in wich yéetel tin juunala', kin k'a'ajsik
bixe ba'alo'ob u k'ajóolmajil in nool ti' bix u máan
k'iin, ya'abach ti' lelo'oba' ma' jach chéen bey uchik u
kaniko'o, taalja'an tumeen u yoje leti'e u kanik u k'ajóol
yéetel u na'at ba'ax u k'áat ya'al yoochele che'obo'; u
ch'enxikintik u k'aay wa u yayaj k'aay ch'íich'o'ob, wa
ku k'aay tu máan k'iin wa áak'ab; u jach ilik ba'ax bejil
ku bisik síiniko'ob yéetel u sinik u k'aan am; u na'atik
ba'ax ku ya'alik u chéel X-ma Uj, ti'e áak'abo'ob nojoch
u pe'etil te'e ka'ano', yéetel u k'ajóoltik ba'ax u k'áat ya'al
u chíikul lu'umkabil, tumen ku ya'alik in noole', chen
leti' u jach na'ata'anil ti' yóok'ol kaab.

Táan u taal u sáastal… beytúuno' jach táan u taal u
jabik u yich ja'ats'kab ti'e chak nookoyo'ob ka'aj aaj in
noolo'. Ken ka tu yilaj táan in péek tin k'aane', tu ya'alaj:

—¡Líik'en paal! Bejlae' yaan k-jóok'ol kaxant' u yáax
xóob juntúul ch'í'ich'.

Saatal in wóole' tin k'áataj:

—Nool, ¿ba'ax túun u beelal ten u xóobe chan ch'í'ich'o?

Leti'e tu núukaj:

Walkil óox winala' ta wa'alajten ka'aj aajeche',
k'aja'antech junp'éel t'aan ta wu'uyaj ichil a wáayak. Le
t'aano' ku ya'alike' k'aabet a kaxtik jo'otúul ch'í'ich'o'ob

jejelas u xóobo'ob yéetel ku k'aayo'ob. Wa k-much'ike
jo'op'éel xóobo' k-kaxtik junp'éel k'aaba'. Le k'aabao' u
k'almaj u muuk' junp'éel k'aay a tia'al.

Tene' tin núukaj.

—¿Ba'ax túun tia'al tene' muuk'o', ba'ali' wal u beelal
tene k'aayo'?

Leti'e tu ya'alaj:

—Juntúul wíinik ken síijike', k'aabet juntúul u
J-kanant. Ma' chuka'an chen yéetel ka yanak u yuumo'ob,
u suku'uno'ob yéetel u lá'ak' u baats'ilo'obi'. Naj, janal
yéetel k-kaalanta'al tumen k-yuum, k-suku'un yéetel
k-noole' ku yáantiko'on nojochtal. Ba'ale' J-kanant yéetel
u k'a'ana'anil u kaxanta'al jump'éel muuk' tia'al líik'sik
yóol j-pixane' u ka'aka'aj tuláakal máak. Kex tumen bey
juntakáali'lo'on yéetel chika'ano'on yéetel k-láak'o'obe',
tuláakal xib yéetel ko'olele' jela'an.

"Le J-kanan kin wa'aliktecha' bey je' u taal ti' jump'éel
t'aane', wa ti' jump'éel jum, jump'éel k'aay, jump'éel
payalchi', junp'éel tuunich, jump'éel eek', junkúul xíw,
junkúul che', jump'éel nikte' junp'éel i'inaj; juntúul
x-t'ala'ach, juntúul peek', juntúul ch'í'ich'; jump'éel iik',
jump'éel u boolil wa ba'ax; jump'éel kúuchil, jump'éel
bej; u ja'ay junp'éel ch'e'en, junp'éel x-péek', jump'éel
áalkab ja' wa jump'éel áak'al.

"Xiib yéetel ko'olel, wa ma' táan u k'ajóoltiko'ob u
J-kanane', ya'abach loob yaan tu yóok'ol. Mmmm…
ba'alo'ob, t'aano'ob wa ba'ax ti' junkúul che'a, muuk'o'ob
yéetel J-kanano'ob, beytúuno' tuláakalo'one' unaj

k-kaxtik, yéetel u nuʼuktaj máax u yojel bix u beetaʼal.”

Tu jáan xóotʼaj u tʼaaneʼ ka tu sutajten u pach.

Mukultsʼilileʼ tu wachaj u kʼaneʼ ka tu líikʼsaj tiʼ jumpʼéel x-laʼ mukuk chʼeʼej uchik u kilitsʼ ka tu kʼalaj, ku tsʼoʼokoleʼ ka tu yaʼalaj ten:

—Yaan máak maʼatech u oksaj óoltike baʼaloʼobaʼ. Kʼaabet k-chíimpoltik u tuukuloʼob; ku tsʼoʼokoleʼ yaan xan máak maʼ kʼaabet tiʼ, wa ku túukultik maʼ kaʼabetiʼ… Tiʼ techeʼ kʼaabéet, tumene tʼaan ta kʼaʼajsaj tiʼ a wayakʼeʼ ku yaʼalikaʼ J-kalaneʼ jumpʼéel kʼay. Jeʼlo túuneʼ, kʼaayoʼ letiʼ a muukʼ.

Jóokʼoʼon tak te x-mak xaʼan ku beetik u kʼóobeniloʼ. Teʼeloʼ, tu chʼúuyaje u kumil choko jaʼ, tu yaʼalajten ka in natsʼ kaʼapʼéel luucheʼ ka tu chupaj yéetel choko jaʼ.

Tu luucheʼ tu tsʼaj káapeʼ ka tu chujuk-kuunsaj. Teneʼ chéen choko jaʼ tin wuʼukʼaj.

Ku tsʼoʼokoleʼ tu yaʼalaj:

—¡Koʼox, séebiʼ! Kʼaabet u jóokʼol k-biinbal maʼayliʼ kʼaaynak tʼeeloʼobeʼe. Séebi, butʼ a sáabukan… yéetel maʼ a tsʼaik a xaanab.

”Chʼaʼe chichan chúuj chʼuyukbal tiʼe kʼóobenoʼ. Chup yéetel jaʼ, a tiaʼal. Ichil óoxpʼíisil kʼíineʼ ku béeytal a wuʼukʼik u láʼakʼ junxuch jaʼ.”

Ken máanoʼon kʼóobeneʼ tu wekaj nonoj jaʼ tu yóokʼole kʼáʼakʼ tiaʼal u tupikoʼ. Buutsʼe tu jóokʼsaje jaʼ kaʼaj wéek tu yóokʼole siʼo tu beetaj in seʼen. Jach taʼaytak u kuʼupul in wiikʼ, in nooleʼ tu papaʼlajtaj in paacheʼ ka tu beetaj in ka chʼaʼik in wóol.

Ku tsʼoʼokoleʼ tu yaʼalaj ten:

—Tuʼux k-binaʼ bey jeʼ k-séeb kʼuchuleʼ, bey maʼ; maʼ xan, wa bejlaʼa k-kaxtike chʼíʼichʼ kun núukik k-xóoboʼ. Wa ken k-tʼaan ku xóob joʼopuul jiʼijinak yéetel ku núukik u láʼakʼ k-xóobeʼ, u kʼáat yaʼaleʼ letiʼe chʼíʼichʼ k-kaxtikoʼ.

Maʼayliʼ u lap tu poole pʼóok tu chʼaʼaj tu joʼol junpʼéel cheʼ tichʼikbal tu jáalike kʼóobenoʼ, tu yaʼalaj:

Ken a wuʼuy u kʼaaye chíʼichʼoʼ, kʼaabet a kanik. Lelaʼ chéen jumpʼéel tiʼ u kʼaaye chʼíʼichʼ máan k-kaxantikoʼ.

”Junpakiliʼ kin waʼaliktech wa ku kʼaabetchajal k-xíinbal yaʼab yéetel ka wuʼuyik wiʼijeʼ, maʼ unaj a janal mix a wuʼukʼik mix baʼal taʼakumbayliʼ. A suʼukʼil yéetel a wojeltik máakalmáak chʼíʼichʼile ku máan k-kaxtikoʼ, yaan u yáantikoʼon payaltʼaantej.

—Pʼil a wóoliʼ. Bik wa chen tioʼolal a sat óolaleʼ ku kʼaabetchajal u yaʼabtal k-xíinbaltej. U noj óolil u tiaʼal k-kaxantike chʼíʼichʼoʼ tiʼ tech yan. Teneʼ chéen u tiaʼalen in nuʼuktech u bejil ka kaxantʼ.

”Kʼaʼajaktech bejlaeʼ táan k-bin kaxantʼ juntúul jaʼatsʼkab chʼíʼichʼ. Wa ka tsaʼik a wóol a tʼaanike chʼíʼichʼ yéetel tuláakal u muukʼ a pukʼsiʼikʼaloʼ, uchak u táakal t-beel u síitoʼon u kʼaay, baʼaleʼ wa ku máan chúumuk kʼíin maʼ k-kaxanteʼe, kʼaabet k-kaʼa jóokʼol sáamal.”

In ka sukuʼunoʼobeʼ táan u weneloʼob ka x-mukul lukʼoʼon te najoʼ.

Taan k-bineʼ, in nooleʼ táanil ten ku bin.

Tu x-noʼoj kʼabileʼ ku bisik u x-kootsʼ; tu x-tsʼíikeʼ u

machmaj junp'éel che' puputs'kil u ni'. U búukmaj
u yeex yéetel u sak búuk. Junp'éel p'óok yéetel u chak
k'aaxil, laab ik'il u seen meyaj u lapmaj tu pool. X-ma'
xambil k-bin tu ka'atulalo'on.

Te bejo' t-ch'aktaj junp'éel táankab loob yéetel kí'ibok
limonariae'. Te kúuchila' yan u yotoch kaabi'. Ku
tso'okole' t-xáak'abtaj péet koote' ka t-ch'a'aj jump'éel
bej loob tak uchik k-jóok'ol tu yóok'ole noj bejo'.

Mukuts'ilil, yéetel chan jujunp'íitil bey je'e tu ya'alaj in
noole', bino'on lak'íin.

Bejla'e ma' tu láak'into'on bey je'e suukile peek'o'ob
kaalantik táankabe'e. Chéen in wa'alike', ti'e sutukilo'
bija'ano'ob wal táanxelile', wa táan u máano'ob tu paach
juntúul x-choko pek'.

Ik'il u bin k-xíinbal yéetel u bin in x-mukul t'aanik
ichil in wóole ch'í'ich' bey je'e tu ye'esajten in noole', ma'
tin wojeltaj u máan k'íini'.

Chan sáam, ku ts'o'okol k-ch'aiktike múul je'elebo'ob,
k'ajóolta'ano'ob bey Chanya' yéetel Noj Chak lu'ume',
k'ucho'on ti' junp'éel xa'ay bej. Te'elo', in noole',
ma' tu ka'ap'éel óoltaj u ch'a'ak u bejil u k'aaxilo'ob
Chunts'alami. Ka'a k'ucho'one'e, jáan je'el tia'al u jek'ik
xíw u tia'al u makike bejo'.

Táan u tal u píik'il ka tin x-manak' wu'uyaj náachil
junp'éel táats' xóob. Junpakili', tin na'ataj leti'e ch'í'ich'
ku taal in túukultiko'.

—Juuuuuuuuuuuuuuuuuuuuuuuuu.

Tin ts'áajimbáa ka'ach bin in xíinbal, chen ba'ale' ma'

béeychaji'. Le xóobo' tu tojbankuusen. Tu'ux p'áaten
wa'atalo' tin ka u'uyaje xóobo'.

—Juuuuuuuuuuuuuuuuuuuuuuuu.

In nool ku bin u xíinbal táanilo', tu sutaj u yich,
mukuztilil yéetel jets'el yóole', tu ya'alajten:

—¡Xolen! Ts'u'uts'e lu'um bey ma'ayli' k'aynake
ch'í'ich' jo'oteno'o. ¡Séebi'! bik áalkabaansa'ak tumeen
X-yúunyum.

Junpakili' tin ts'o'okbesaj ba'ax tu ya'alajten.

Xolajen tia'al in ts'u'uts'ike lu'umo', ku ts'o'okole' in
líik'smaj in poole' tin ka u'uyaj u k'aay tin x-no'oj.

—Juuuuuuuuuuuuuuuuuu… juuuuuuuuuuuuuuuuuuuuu.

Nika'aj líik'il ka'ach tia'al in k'áatik tí' in nool ba'ax
unaj in beetik, chen ba'ale' u lá'ak' junp'éel xóob beet in
p'áatal beyo'. Tin wu'uyaj u k'aayik:

—Ch'ujuk, ch'ujuk, ch'ujuk.

Kex junsáap tu yóok'ol in poole', juntúul ts'unu'un
ya'ax, chóoj yéetel chak u boonlile' táan u popokxiik'
ets'lik yóok'ol junp'éel x-k'an lool, táan u ya'alik:

—Ch'ujuk, ch'ujuk, ch'ujuk.

Ti' lelo', paachiltene' tin wu'uyaj:

—Uts'… uts'… uts'… uts'… uts'… uts'… uts'…

K'aas saatal in wóole, tin kaxtaje ch'í'ich' ku t'aan
beya', ka tin wilaj juntúul box ch'om wa'alakbal u xit' u
xiik' tu yóok'ol chak wob.

Bey je'e xolikeno', tin wilaj yéetel tin wu'uyaj juntúul
chak ch'í'ich' yan aktáanten ku ki' k'aay beya':

—Buk pulishh… buk pulishh… buk pulishh…

Ku máan junsutuk ts'o'ok in wu'uyik u k'aaye
ch'í'ich'o'obo', tin kaxtaj in nool. Leti', bey je'exene',
xolokbal xan tu chúumuke bejo'. Ka'aj líik'e', tu

sutajuba u pakten, yéetel u poole' tu ya'alajten ka xi'ik
in x-mukul xíinbal. Tin wu'uyaj ts'o'ok in ka'anal, chen
ba'ale' mixba'al tin wa'alaj. Xíibanajo'on ti' junp'éel t'o'ol
bej loob yéetel su'uk; ku ts'o'okole' na'ako'on yóok'ol
junp'éel chan mulu'uch, ken káaj k-éemele' chíikpaj
t-kay junp'éel táaxkabil tu'ux yan chi'. Táan u bin
k-ch'a'ake bej ka tin wu'uyaj tin x-ts'íik:

—Uuuuuuuuuuuujú…   uuuuuuuujú…
uuuuuuuuujú… uuuuuuujú… uuuuujú.

Xoobil tin yúuba éts'nakta'ab ti' tuláakal jemlu'um tu
béetaj u kí'imaktaj in wóol.

Beytúuno' in noole' tu cha'aj in chukpachtik. Bey táan
in xíinbal tu ts'elo' tin k'áataj ba'ax oráa.

Leti'e tu núukaj:

—Ts'o'ok u máan óoxp'iisil k'íin. Tu yáanale luucho'
-ku ye'esik yéetel u x-no'oj túuch'ub- k-uk'ik ja'ay kaab.
Ku ts'o'okole' ka molik u tak'an ich

chi'. Ba'ale' ch'en xikint ma'alob ba'ax kin in wa'altech.

Bey uchik u chich a'aliktena':

—Jach uts' u bin tech. U ts'o'ok juntúul ch'í'ich' ta
wu'uyaj u k'aayo', éets'nak'ta'ab u k'aay tumen tuláakal
je lu'umila', leti'e ch'í'ich' ta wu'uyaj u t'aan ichil a
wáayak'. Way yóok'o káabe' k'ajóola'anile' Sakpakal,
juntúul sak kukut. Ba'ale' teche' ma' k'aja'antech a wilik
ichil a wayak wa tu k'ab luch t'uchukbal táan u k'aayi'.

U k'aay ts'unu'un yéetel u xitl'il u xiik' ch'om tu tojil
lak'íine', leti'ob e'esto'on u bejil tia'al k-k'uchul tak tu
yiknal kukut.

"Ts'unu'un yéetel u k'aayo' tu ya'alajto'on, ch'ujuk; box
ch'ome' k'aynaj uts', uts'. Tu ka'atúulo' tu ya'alajto'on
bejla'e tak tu yaala' a kuxtale' tuláakal ba'ax kun
úuchul teche' ch'ujuk yéetel ma'alob. Leti' beetike
ka'aj k'ucho'on ti'e kúuchila', tu x-no'oj beja' ti' ku kí kí
k'ay Sakpakali' tumen teche' ts'o'ok a kaxantik u k'aye
jo'otúul ch'í'ich'o'ob, tia'ala muuk'intej yéetel tia'al u
kaalan tech".

—¿Ba'ax túun tu ya'alajten yáax juntúul ch'í'ich'o'?

Leti'e tu ya'alatech beya':

—U k'aaba'e ch'í'ich'a Noom; leti' a nu'uktaj bej ichil
k'aax. Yéetel u k'aaye' mix bik'íin bin u sa'atak tech u
bejil kuxtal. Wa ka wilik ma'alobe', u ts'o'okbal u k'aaba'e
leti' xan u káajbal a ka k'aaba'; ku ts'o'okole' k'ank'an ku
léembal tu k'u'umele X-yúunyum láak'int Noom tia'al
u taal u ts'o'okol u k'aayo', leti'e boonil kun u yáantech
tia'al u yantal uts'il ti' a kuxtal. Ba'ale',chan ch'ujuk
ts'unu'un kun kaalantkech bejla'a chichnecha', ma' chen
ti'o'lal u k'aayi', tumeen leti'e, ku ye'esik u yaabiltikubáa
xib yéetel ko'olel.

—Jach u ya'almajtech uts' —ku ya'alik tu ka'aten—
tumen junp'éelili' k'íin ka ta kaxantaje jo'op'éel k'aay
k'aabeto'. Tene' óoxp'éel ja'abo'ob tu bisajten in kaxant-
iko'ob.

Tia'al k-suut táankab táan u taal u chíinil k'íine', tin

k'aataj ti' in nool.

—Nool, ¿ba'axe chí'ich'o'obo'?

—Bin in ka'aj in wa'altech, chen ba'ale' ma' a cha'ik u sa'atal a wóol, wa ma' ka p'áatal paachile' ka p'atken t'aan tin juunal.

Ma'atan in cha'ik u sa'atal in wóol.

Beytúun uchik u tsikbaltikteno':

—Ch'í'ich'o'obe', xiknalbuts'o'ob ku máano'ob, ken t'úuchko'ob tu k'abe che'obo' ku síiko'obto'on u k'aayo'ob yéetel u payalchi'ob: u k'aayil u síijil yóok'ol kaab.

—¿Chen wa túun lelo' in nool?

—Ma'. Tu k'aay yéetel tu k'u'umele' ti' yan u muk'ul k'aaba' Ki'ichkelen Yum. Ts'o'ok u k'uchul u k'íinil a wojeltik, u k'aaba' Ki'ichkelen Yuume' ti' yan tu kí' kí k'aay junk'aal ch'í'ich'o'obe' yéetel tu k'u'umel óoxlajuno'obi'. Yéetele ba'alo'oba' uchak a wojeltik u kuch la k'aaba' ka kaxantiko'.

—¿Bixtúun uchak in k'aatik ti'e ch'í'ich'o'ob ka u beeto'ob in k'ajóoltik u mukul k'aaba' Ki'ichkelen Yuumo'?

—U tia'al lelo', tia'al ka ts'a'abak a k'ajóol tumene ch'í'ich'o'obo', kaabet a wajal… a wajal táan u taal u píik'il k'íin tia'al a wu'uy u ch'ujuk yéetel ki'ichkelem k'aay juntúul ch'í'ich' yan ichil a puk'si'ik'ale'. Wa ka ch'enxikintike', yan a wu'uyik u yayaj k'aay juntúul ch'í'ich' k'ala'an ku ts'íiboltik ka jáalk'a'alta'ak.

—Nool, ¿je u uchak wa u k'uchuk u k'íinil in cha'antike ch'í'ich' kuxa'an ichil in puk'si'ik'alo'?

—Ma'. Tumeen ta puk'si'ik'ale' kaja'an juntúul chak ch'í'ich' ku beetik u chowatal a kuxtal yéetel u k'aay, wa ku jóok'ol ichil a jobnele' ku saktal tia'al u bisech tu ts'el Ki'ichkelen Yuum, ken k'uchuk u k'íin a p'atik yóok'ol kaab.

—Nool, tene' in k'áat ka súutuken ch'í'ich' tia'al in kanik u k'aaba' Ki'ichkelen Yuum tia'al in wa'altech, tia'al in waal ti' in yume', ti' in na', ti' in suku'uno'ob yéetel ti' tuláakal u kajnáalilo'ob yóok'ol kaab.

Ba'ale', ¿yaan wa máak u k'a'at kuxtal kex ma' u yojel u k'aaba' máax ts'a u kuxtalo'obi'?

Máan junchaan sutuk, in noole' ma' táan u yu'ubik in t'aan.

—¡Nool! ¡Nool! ¿Ba'axten ma' táan a núukik in t'aan?. ¡Nool, Nool! ¿Ba'axten ka maakik a chi?

Taal tin wóol in k'aatik u láak' ba'alo'ob, ba'ale' ka tin wilaj buuyul tuukule', tin makaj in chi' ka'alikil táan u suut k-xíinbal tak joolnaj.

Táan u taal u chíinil k'íin ka'aj k'ucho'on táankab. In noole' ka'ana'an uchik seen xíinbal ja'ats'kabil tak ts'o'ok u máan chúumuk k'íino', tu ya'alaj mixmáak ka u t'aanik tumen u k'aat wéenel junchaan sutuk te'e pak'il naj yan naats' tu'ux pak'a'an xa'ano'obo'.

Ka'a tin wilaj ma' táan in k'a'abetkuunsa'al tumen in ka' yuumo'ob tia'al in beet wa ba'ax méeyajile', jóok'en báaxal kimbombae' yéetel in láats'ilo'ob. Tu ts'el u joolil u kúuchile paak'alo'ob tu'ux k-báaxalo', ti' je'elsa'an u núukul kuch jíilta'an tumen ts'imino'ob chuuptak yéetel túumben ixí'im jocha'anil tumene kolnáalo'ob te'e k'áaxo'ob naats' ti' Uxmalo'. Le kúuchila' junp'éel x-wo'okin: ts'imino'ob ku janal, ku yuk'iko'ob ja' ti' ch'óoyo'ob; peek'o'obe' ku bo'oybeskubao tu yáanale núukul kuch kola'an tumen ts'imino'ob, wa ku ba'ate'tiko'ob junxet' waaj; máako'ob ku tsikbalo'ob maayat'aanil ka'alikil táan u janalo'ob. Ka'alikil saatal k-óol k-p'isik beyka'aj náach- chajik u che kíimbombae' te'e bej tu'ux taal u núukul kuch kola'an tumen ts'imino'ob tíip' j-Manuel Milláne', in baats'il yéetel in wet xook, jach no'oja'an u chuk jats'uts' ch'i'ich'o'ob kí kí u k'ayo'ob yéetel jach jats'uts' u boonil u k'u'umelo'ob, u ch'úuymaj ka'p'éel núup'cheil tu'ux ku sit'laankil ka'atul mejen ch'í'ich'.

"Tu kóolene x-wo'okin tu wolaj in láak'o'obo', u yumil núukul kuch jíilta'an tumen ts'imino'ob yéetel u yumile ch'í'ich'o'obo', kin x-mukul k'aatik tin juunal: ¿Ba'axten in nool tu ka'ansen in méeyajt lu'um, in kanant ba'alche'ob yéetel u lá'ak' u meeyjil k'axe', ma' tu ka'ansen in beet núup'cheilo'ob?

Kaj bine j-chuk ch'í'ich'o kaajo', tin p'elaj in wóol tia'al in bin in k'aat' ti' in nool, ¿ba'axten ma' tu ka'ansen chuk ch'í'icho'be'?

Ka'aj tin kaxtaje', tin wilaj táan u ts'entik u peek'o'ob tu jool u k'óobenil u yotoch.

Chen ka tu p'elak u yu'ubik in k'atchio'ob, tu núukaj ten beya':

—Máax u k'áat u kí kí yu'ubik u k'aay ch'íich'o'obe', ma'

k'aabet u beetik núup'cheil, k'aabet u pak'ik kul che'ob. U k'aay ch'íich'o'obe' u tia'al tuláakal yóok'ol kab, mix máak u yuumil.

"U k'aay ch'í'ich'o'ob jáalk'abo'ob tu yóok'ol kabe' u t'aan Ki'ichkelen Yuum. Le k'aaya' bey je'ex u t'aan wíinike' mixmáak uchak u manik. Ma' ba'a ku ko'onoli'."

Ti' lelo', u chi'ibal ka'túul pek' ku ba'ate'tiko'ob junxéet' waaj ch'ul yéetel u k'ab bu'ule' tu beetaj u xot'ik u t'aan in nool. Ka'aj ts'o'ok u beetik u jets'ike ba'ateil pek'o'ob ', tu ya'alaj:

—Ba'ax u yuts'il a wu'uyik u k'aay juntúul ch'í'ich' ichil núup' wa mina'an u kímak óolil kuxtal ti' u k'aayo'ob. Wa a k'aat a ki'ki óolal yéetel u jats'uts' k'u'umel yéetel ki'ichkelen k'aay ch'íich'o'obe' ma' a k'alik u t'aan yóok'ol kab. U jach ma'alob kúuchil tia'al u k'aay ch'íich'o'obe' u k'ab che'. Ma' u tu'ubultech máax beetik palits'ilile', ku k'alik u tuukul, ku mukik u t'aan yéetel ku nuunsik u no'oja'anil.

VII. U muk'nal ch'íich'o'ob II

¡Chc! ¡Chc! ¡Chc! ¡Chc! ¡Chc! ¡Chc! ¡Chc! ¡Chc! ¡Chc! ¡Chc! ¡Chc!

¡Uuuuuuu   uuu!...¡Uuuuuuuuuu!... ¡Uuuuuuuuuuuu!...

¡Chc! ¡Chc! ¡Chc! ¡Chc!... ¡Ssshiiii!... ¡Ssssiiiiiiii!

¡Chc! ¡Chc! ¡Chc! ¡Chc!... ¡Ssshiiii!...¡Ssshiiii!...

Bey u jum wakax k'a'ak viernese' oknaj k'íin tu'ux ku k'uchul in ts'e yum Ch'ele', ken k'aatak u biinbal Jo', ku jan je'elel tin káajal Calkiníe', yan tu xaaman u méek'tankáajil K'anpeeche'.

Beytúun ti'e k'íino'ob je mina'an u lá'ak' ba'ax tia'al u bin máan tin káajal tak tu kaajilo'ob Jo' wa K'ampeecho', jach noj ba'al u bin cha'antbil u k'uchul wakax k'a'ak'o. Ka'alikil táan u bin u je'elel tu yóok'ol u beele', k-ilik u ch'eenebe máako'ob ku bino'ob táanxel kaajilo', tia'al u k'ajóoltiko'ob u ba'pache kúuchilo'. Ku máan junchan súutuke', k-ilik u x-chukul éemel in ts'e yuum.

Ka'alikile', tu'ux ku xíinbal máako' ku súuntanbal kon ch'ujukpak'áali', x-cháanchamilbu'ul, chakabal, paletail kookóo, chi' to'an ti' ju'un, barquillase', chuurose', yéetel tuch yéetel kab, chokol ts'ajbil waaj, chi'ikam yéetel ik,

45

chakbil ts'íim, u k'áak'axal wayam, u waajil Póomuche', mejen ch'ujuk waaj, yéetel biscochoile', méenta'an yéetel u ts'ats k'eke'n bey xan yéetel áanise'.

Yan koonolo'ob ku xíimbatiko'ob ichile wakaxk'a'ak'o, tia'al u koniko'ob u che'eche' bak'el kéej, wa píibil, yéetel u bak'el kitam wa kuuts'.

Ti' yano'ob J-Paxin yéetel J-Chilaya Riveroe', J-Adalio Güemeze', J-Berto yéetel J-Pablo Pacabe', u yumil yéetel u suku'unts'il J-Cohuób'ob, yéetel u lá'ak' máako'obe' ti'ano'ob tia'al u yéemso'ob u kúuch: u mukuke' galletao'ob; u mukuke' harinae'; áasukar yéetel áarrose'; u latail u mantekáil che'; u k'aaxilo'ob xa'an, u k'aaxilo'ob nikte'; u nu'ukulil tu'ux ku taal mantequillae'; xanabo'ob, nook'o'ob, u mukuke' kakao; u nu'ukulilo'ob meyaj; u kúuchilo'ob ts'íibil ju'un ku túuxta'al, u wakáalil panelae', manzanae', perase', uvase', u kúukuchal ja'as, che'eche' wa tikin bak'el kay. Ka'alikil táan u yúu-chul lela', tu láak kúuchil ti' wakax k'a'k táan u na'aksa'al wakax; kax yéetel úulum; u k'axal míiso'ob, xaako'ob, p'óoko'ob, k'áano'ob, po'opo'ob; p'ulo'ob yéetel kat beeta'an Tepak'ane'; u kóokopal suum yéetel u k'ab k'an, ichil ti' tuláakal ba'alo'ob ku bisa'al konbil Jo'.

Ken xóobnak wakax k'a'ak'e tia'al u jóok'olo', u suku'un in nae', ku ch'a'ik u béejil u bin tu yotoch in nool.

Jach k'aja'anten bix u bin u ts'éts'el xíinbal tu jáal u beel wakax k'a'ak'e. Ik'il u bin ku jajakcha'atike ch'ich' tuunich ku kuchike che'ob, u beele wakax k'a'ak'e.

Leti'e ti' ku taal tu noj káajil K'anpeche', ti' ku meyaji';

leti' ku ilik, beyxan ku xixiktik u mejen ju'unil tia'al u na'akal wíiniko'ob wa x-ch'upo'ob ichile Ferrrocarriles Unidos de Yucatane'; ken k'uchuk, te tu'ux ku taale', u búukint'ma, u sak k'ank'an nook'il; u ka'ananil u nook', máantats' je'ek'abe' ku cha'ik u cha'antal u sak yáalal un búuk –Pirata- beeta'an Chinae'; ku ts'aik xan junp'éel k'as box p'ook tia'al u pixik u yich ti'e k'íinilo'ob jach óooxol.

Máantats' u jéenkaltmaj tu x-ts'íik keléembal junp'éel xak, tu'ux chika'an: junto'ol sak waaj, u lá'ak' junto'ol kokotaasóo, u bak'el k'éek'en wa tikin kay, kí'ibok manzanae' yéetel uvae'. Tu x-no'oj k'abile' u machmaj junp'éel chan radioe, tu'ux ku yu'uba'al k'ayo'ob ku pa'axal yéetel akordeone'…

"Qué dirán los de tu casa,
cuando me miren tomando
pensarán que por tu causa,
yo me vivo emborrachando
y ¡ándale!,
pero si vieras
cómo son lindas estas borracheras
y ¡ándale…!"

Máantats' ku taasik jump'éel pik'il ju'un Diario de Yucatáne' wa pik'il ju'un Alarmae' ku taal u lúubul laplik tu jool u nook', ti' tu'ux ku táakik u táak'íine', wa yáabach ba'alo'ob.

Tumen túun uts' tin wiche x-wo'okino', tia'ale vieerneso'obo', ma' tech kin bin tu kuchil xook.

Ken k'uchuk táankabe', u suku'un in na'e ku chital u je'elsubáa ti' jump'éel k'an t'ina'an jump'éel jo'ole' ti' junkúul ts'almuy, yéetel ti' junkúul ya' tu lá'ak' jo'ol, ka'alikil táan u yúumbale' táan u yu'ubik u pax e radioe', tu'ux ku yu'uba'al u pax jump'éel kúuchil u k'aaba'tik Harlingen, Texas.

Te'e kúuchila' tu yáamyam polka'obo' wa redovase', ts'aako'ob tia'al jejelas k'oja'anil beeta'an tumen laboratorios mayoe'; máax ku t'aano' ku kí ts'olik bixe ts'aako'obo', bix uchak u béeytal u ma'anal, jump'éel tuukulil koonol ku k'aaba'tik, C o D: u k'aat ya'al: bo'ota'ak wa su'utuk.

Ja'ats'kab k'íin sabadoe',' k-máan jejekchak u tikin k'ab che'o'b wa jóoya'te paak'alo'ob ku yichaankilo'; tia'al u chíinil k'íine', ken tso'okok k-oxo'ome', k-bin t'ok je' ba'alak yich che'il yaane': wóolis yéetel ch'ujuk pak'al; a'al oom, nukuch su'uts' pak'áal yéetel ts'its'i'kil limoone'; ch'ujuk mangoe' maniláa yéetel way lu'umile'; chakáal ja'as, kí'ibok pichi', abal, kayumitoe' yéetel piiñae'. Wa ma'e, tu lá'ak' k'íine' k-bin áantaj jóoya' raabanoe', kukut, cilantroe', p'ak, k'úum, coli-naaboe', lechugae', kool yéetel k'i'ix cháayote'.

Yan k'íine', yéetel in ka' suku'uno'ob (J-Cheetoe', J-Dosiae', J-Patine', X-Piil yéetel J-Indalecio), ku k'ubeenta'alten u méeyajil in xotik bini'it nikte'ob; chen ba'ale' ba'ax jach uts' tin wiche' in jokik sak yéetel kí'ibok azuseenáa.

Aak'abe', chilikbalo'on t-k'ane' jaxa'an yéetel sóoskile'

k-wu'uyik ti' XEW "La Voz de América Latina"; wa XEB, "La B grande de México", -lelo'oba' tu ka'ap'éelal ti' ku jóok'ol u pax tu noj kaajil Méxicóe'- jats'uts' k'aayo'ob ts'ok weensiko'on.

Ma'ayli' chilako'one'e, in ka' Yuumo'obe' ku but'iko'ob ti' múkuke' tuláakal yich kul che' yéetele nikte'ob kun u bis in x-ka'a na' tia'al u kon ichil k'iwik te tin káajo'.

Tia'al domingóe', kí'imak in wóol tumen ku cha'abal in jóok'ol báaxal trompoe', kanikáe', wa pay pek', baxal pay wakax yéetel in ka' suku'uno'ob tu yáanal junkúul nuxi' k'óopte, yan naats' ti'e noj náajo'. Tumeen máantats' táan k-u'uyik péeksil "La hora del granjero", ku máansa'al tumen u chíikul XEW, ka'ach tin paalilo', t-kanaj k'aay junp'éel u k'ay huestekó'ob ku ya'alik beya':

Llegaron los camperos
con sus guitarras cantando alegres...
llegaron los camperos...
Entre el zacate verde
lejos se pierden por los esteros...
llegaron los camperos...
Cuando llega la noche
la luna llena va a alumbrar
por el claro del monte
lejos se ven llegar
Una casa de adobe
se esconde entre el breñal...
ahí está mi campera
que me va a esperar...

Llegaron los camperos con sus guitarras…

In láak'o'ob J-Gonzaloe', J-Ramóne', J-Juliáne' yéetel Fermíne', in suku'un J-Toono yéetel tene' k-k'aayike chan k'aay ka'alikil táan k-bin jáalk'a'ate wakaxo'ob tak tu paache tu'ux pak'a'ane che'ob ku yichaankilo', ku binxíinbal tu yáanale nukuch che'obo' yéetel ti' mejen bejo'ob.

Ti'e ja'abo'ob je'elo', tumen jach kin chi'ichnaktale', jach istikyaj u t'úubul in weenel. Ka'alikil yantene p'il icha' kin wu'uyik yúuchul t'áan yéetel u jum ba'alo'ob ich áak'ab. U kilits u núukul kuch kola'an tumen ts'imino'ob ku jo'ochkuba'ob te'e tuunicho'; u yawate ts'íimino'ob yéetel u wáak'al tumen u núukul jats' yóok'ol tu páacho'; u yawate wáakaxo'ob mi wa ken u x-choko' wíinikil juntúul x-ch'upul wakaxe', yéetel u tóojole peek'o'obo' ku bisik in weenelo'; ba'ale' u k'aay t'eelo'ob yéetel u t'olon t'olon bojol wáakaxe' ku taalo'ob náachile', chen leti'o'ob láak'intiken ti'e yayaj p'il icha'.

Jump'éel áak'ab ti' je'elo'oba', ka'alikil táan u k'áxal jump'éel k'a'ankach cháak tin tukultaj yan u bulik tuláakal yóok'ol kaabe', in noole' bin u yajsen tia'al ka' jóok'ko'on k'aax kaxant' u k'aay wa jaytúul ch'í'ich'.

Tin wu'uyaj u t'aan in nool, ba'ale' tin beetaj bey táan in wéenele' yéetel bey ma' tin wu'uyaje'e. Leti'e, p'uja'ane', tu tíitaj in k'anil; séeba'an kex táan in k'uuxile' líik'en.

Ken ka' tu yilaj táan in k'uuxilc' tu ya'alaj:

—Ba'ax ts'o'ok káajsika' ma' báaxali'. Ko'ox, séebi'.

U tia'al k-beetike méeyaj ts'o'ok k-káajsika' k'aabet ma'

u xu'ulule cháaka'.

—Ke'elen -tin wa'alaj.

—Bix kan ke'eltal wa mix ch'u'ulkechi' —ku ya'alik in noole' ka' tu jáan ya'alaj:

—Síis ja'o' ma' tun ku beetiktech mixba'al, ba'ale' leti' kun bin u kalaantikech ti' ba'ax kan a wu'uy yéetel a wilej.

Mixba'al tu ka' ya'alajten.

Ken jóok'o'on táankabe', tin wu'uyaj u k'aay juntúul ko'o áak'abe' ka' sajakchajen. Bejlae' táanil kin bin ti' in nool.

K'as takchaláankil in bin, chen ku yáantiken u léembal Yum Cháak súutmansúutukil. Ma' ch'aakatnako'on tu tojile ch'e'en ka' tu ka' tomoxchi'ito'one ch'í'ich'o'o, te'elo' tin wilaje maaskab tu'ux ku jo'saj ja'e' táan u pilinsuut u chan k'abo'ob.

Ka'aj t-líiksaj k-paakat ka'anale', t-ilaj u ch'aakate ko'o áak'ab tu sa'asil u leem Yum Cháak ku kíilbal u k'áaxal t-óok'ol yéetel u síis ja'aylo'. Jak'a'an yóole' ko'o áak'abo' xik'anlnajie cháako', bin lak'íin.

Bin k-chich xíinbal tak tu tojile noj bejo', te'elo' junxulake ja'e ka' chíikpaj eek'o'ob. U t'a'al in máansik in chi'ichnakil yéetel in ke'elile', tin ch'aj in wiik' na'ach, ba'ax beet in wu'uyik bey tin ch'a'aboktaj tuláakal u bóokil yóok'ol kaabe'.

Bey papa'kileno', tu tíiten ke'el; jáak in wooko'ob ichile luuk' yéetel ja tu p'ataj aktale k'a'ankach cháako'.

Ka'aj k'ucho'on tu k'áaxilo'ob Xuuche' tin wilaj

juntúul ba'alche' bey kan ku bin u síit' tu k'abe che'obo', ku ts'o'okole' táan u bin u tíitik u p'uulja'aylo'ob. Ku ts'o'okole' páatchaj in wilik ku léembal u xiik'o'ob.

Walkil táan in k'a'jsika', bey in wóole' kan ku xik'nalo', táanili' u taal u xíinbal t-ts'éele', ku ts'o'okole' táan u bin u nojochtal.

Ma' in wóojel ba'ax beetik in bin taánili', ku ts'o'okole' ma' táan u cha'ik in sutik in wich paachil. Oli' bey in wóol yan máax léench'intiken tia'al ma' in je'elele'. Chen ba'ale', ka'alikil táan in xíinbal yáanale ja'o' ma' táan in tuukul yéetel mina'anten sajakil.

Ka'aj éemo'on ti' jump'éel chan níixkabe', k'ucho'on tu'ux ku xa'aypajale bejo'.

Jach te'e xa'ay bejo', kan yan u xiik' ka'acho', ts'o'ok u súutul nuxi' ba'alche'il, x-mukul ch'aakatnaj t-óok'ole' ka tu sa'asilkuunsaje bej k'aalal tumene júubche'o'. Ka' sa'at in wóol.

Chen in wa'alike' mi náaybanajen, tumene ka'aj aajene' ti'a'anen tu noj náajile k-otoche' yéetel tin wu'uyaj in ts'e yum u t'aaniko'ob in k'aaba'; tin k'aataj tu'ux yan in noole' ka'aj a'ala'abtene' jach bin ma' sa'asak ka'aj jóok u biinbal k'áaxi'.

Le k'íin je'elo', ma' kí'imak in wóol, ma' binen xooki'. In kik X-cháayóe', in wet xooke', p'áat u kaalanten tu náajil xook tumene J-ka'ansajo' yéetel u chi'ichnakil tu ya'alajti' beya': "a láak'e' ma' ma'alob yanili', yan ba'ax ku yúuchulti': ¡Kalaantej!".

Ya'abach k'íino'ob máani. Ma' táan u béeytal in k'a'ajsik beyka'aj k'íino'ob úuchuke ba'ala'.

Jump'éel chíinil k'íine' tin ka' núuptanjimbáa yéetel in nool, táan u suut u ch'ak ts'íits'ilche' yéetel taj, ba'ax tu beetaj in wichíintik.

Le k'íin je'elo' tin wilaj kí'imak yóol, tumeen ku che'ejtik tuláakal ba'ax kin wa'alik; ba'ale' k'as jela'an tin wilik. Bey je in k'ajóolmilo', júupen in k'a'ajti' ba'axten bin u líiksen junp'éel áak'ab táan ka'amkach ja'.

Tu xulaj u che'eje' ka' tu ya'alajten:

—Tene' ma' binen in líiksechi'.

Jak'a'an in wóol uchik u núukik in t'aan beya', ka tun tin wa'alajti':

—Ma' jaaji', táan a túusiken. Tech binech a tíitit in k'anil. Ma' béeychaj mix in tsa'ik in xaanabi'. Chen x-chukul jóok'en, ku ts'o'okole' teche' ma' t'aanajechi', mixba'al ta wa'alajten.

Táan in xachikimbáa in k'a'as ba'ax úuche', tin ka' a'alajti' beya':

—Ka'aj máano'on naats' ti'e núukul tu'ux ku ko'osaj ja'e', táan u pipi'suujta'al tumen u súusut íik'ale cháako'; tin tukultaj yan u potsk'ajal t-óok'ole'; ba'ale' yáaxe', tia'al k-ch'aktike joolnajo' tin wu'uyaj u k'ay juntúul ko'o áak'ab; ku ts'o'okole' tin u'uyaj tu ka'aten jach táan k-ch'aik u bele ja' ku bin tak tu'ux ku yuk'ul ja' ba'alche'ob te péet kooto'.

Táan u pi'ik'tik u pool tia'al u ya'alik ma' jaaje'e tu ya'alajten:

—Tene' ma' binen ta wéetele áak'ab je'elo'o. Tech

jóok'ech ta juunal.

Bey ma' táan in oksaj óoltike ba'ax ku ya'alikten in noolo', xa'ak'paj in tuukul, kex tumen tene' jach in wóojel leti'e bin u áajen tia'al ka' xi'iko'on ich k'ax tia'al bin kaxante ch'í'ich'o'obo'.

Ichil in chi'ichnakil yéetel in sáajakile' tin k'áatajti':

—¿Ba'ax tun úuchi? ¿Bixtun tin wu'uyaj a wa'alikten ka' jóok'en k'aax bey táan k'aaxa ja'o? Wa beyo', ¿le tin wilajo' chen jump'éel k'aak'as wáayak'?

Ka jeets'el yóole', ku ts'o'okol u túubik u buuts'il u chaamale', tu ya'alaj:

—Mix binen in líiksechi', mix chen ta wáayak'taje ba'ax ta beetajo'o. Ba'ax úuchtecho' jach jaaj. ¡Tsikbaten! Ba'ax ta wilaj, tak tu'ux xíimbanajech. Leti'e ba'ax k'aabet in wóojeltiko'.

Tene' saatal in wóole' tin wa'alajti':

—Jóok'o'on táankabe' ka' t-ch'a'aje noj bej tu yáanal jump'éel k'a'amkach cháak bey ta'aytak u bulik yóok'ol kaabe'. Ka'alikil táan in xíinbale', ke'elchajen. Chen ka'aj xu'ule cháako', ka'aj ka' chu'up ka'an yéetel eek'o'ob. Tene' tin wu'uyaj a xíinbal paachilten. Juntúul kan yan u xiik'e' bin u síit'tike nukuch che'ob tu jáale bejo', ka'alikil táan u bin u nojochtal. Ka'aj k'ucho'on tu'ux ku xa'aypajale bejo' tin wilaj u xik'nal t-óok'ol, tia'al u biinbal tu tojil tu'ux ku t'úubul k'íin. Ba'ale' ma'ayli' jóok'ko'on tanaje'e teche' ta wa'alajten táan k-bin kaxant' u k'aay wa jaytúul ch'í'ich'. Le kaan wa ba'alche'o ma' t'aanaj junp'uli'.

Ts'o'ok u yu'ubik in t'aan yéetel u jóok'sik jump'éel

chamale' tu ya'alaj:

Teche' ts'o'ok a wóojeltik u k'aaba' Ki'ichkelen Yuume' ti' k'ala'an tu k'aay junk'aal chí'ich'o'obe' yéetel ts'íiba'an ti' óoxlajun u boonil u k'u'ukmelo'ob. K'a'ajaktech junp'éel k'iin, táan u taal u sa'astale', ta wilaj yéetel ta wu'úyaj jo'otúul ch'í'ich'o'ob u k'ubiktech wa jayp'éel t'aano'ob. Le áak'ab je' ka wa'aliko' jach jaaj ta wilaj ka'túul ch'í'ich'; chen ba'ale' tene' ma' tin láak'intechi'.

Táan in k'uxil bey ta'aytak in p'u'ujule' tin wa'alaj:

—Jach jaj, tin wilaj ka'túul ch'í'ich', ba'ale' chen juntúul tin wu'uyaj u k'aayi'. U láak' juntúulo' bey juntúul kan yan u xiik'e', ma' t'aanaji', ts'o'ok in wa'aliktech.

Táan u kaxtik u jets'ik in wóole' tu ya'alaj:

—Ja'alibe', pa'atik in wa'aliktech. Xooch'o', juntúul ch'í'ich' ku k'aaytik kíimil, ba'ale' ma' a ch'a'ik sajakil. Ma' táan u ya'alik wa na'aka'aj kíimili'. Ma' leti'e ba'ax ka tukultiko'o, na'at ma'alob ba'ax kin wa'alik -ku ya'alik.

Tene' chen táan in ch'enxikintik:

—Wa ti' jump'éel naaj yaan juntúul k'oja'an mina'an ts'akile', le ch'í'ich'a' ku ya'alik yaan u kíimil. Le ch'í'ich'a' ku ya'alik xan nuka'aj u kíimile k'oja'ano' tio'lal ka u líik'sikubáa láakts'ilo'obe ken k'uchuk u k'íinil. Jach chen wa ba'ax k'íin ma' tech ya'alik u jaajile ch'í'ich'a':

Ka'alikil in nool táan u kaxantik wa ba'ax tu jóolil u nook' (lela' tso'o'ok ka' tin wilaj junp'éel tajal tu'ux tu síintaj u ni') yéetel ten táan in ma'alob ts'aik in p'óok tin poole', tu ya'alaj:

Wa tio'lale u láak' juntúul ba'alche' ta wilajo', tene'

ts'o'ok u yuts'tal tin t'aan xan in wilike'. In k'aat ka' a
wojelte' ma' ti' tuláakal máak ku ts'a'bal yili'. Máax u
yóojeltike ba'alo'oba' ku ya'alike' ma' ti' tuláakal máak
ku ye'eskubái'. J-íits'abo'ob, u J-meenilo'ob ja', bey
je k'ajóola'anilo'obo', tu p'ato'obe nukuch na'ato'ob
tu tunichilo'ob u nukuch najo'obo'. Kex tumen chen
ku yéemel lu'um tia'al yookbal ja'aja'alile', ti' teche' tu
ye'esubáa kex ma' tu k'íinil u yéemeli'. Lela' ma' mantats'
táan yúuchuli'. Chéen in wa'alike' yaan ba'ax u k'aat u
ya'altech wa u ts'áatech. Kin k'uubeentiktech ka' a wil
ma'alob ba'axo'ob ka wayak'tik, wa ba'axo'ob ma'alob
wa k'as ku yúuchultecho'. Ba'ale' ma' ch'a'ik sajakil. Bey
in wóole' ts'o'ok in na'atik.

Jak'a'an in wóol táan in wu'uyik u tsikbal, ba'ax tu
ch'a'ajo'oltaj yéetel jets' óolal:

—Ti' teche' ts'a'ab a wile', tumen ta ba'pach síit'taj ta
x-no'oj yéetel ta x-ts'íik u pak'il ch'e'en jump'éel áak'ab
chichan X-ma Uj. Tio'olal ba'aj ta beetaje k'a'ana'an
ba'ala', béeychaj a wilik ts'uk kan. Ba'ale' ma' ch'a'ik
sajakil -ku ka' a'alik-, leti'e ku x-muuk'ul t'aan, kex bey a
wóol ma' jaaje ba'ax kin wa'aliktecha'.

Tu la'achaj u pole', ka tu ya'alaj:

—Juntúul chen wíinike', sajak ti' ch'ench'enk'il, tumen
sajak u beeta'al u paktáantikubáa tumen u t'aano'ob;
máax sajak yu'ub u x-muk'ul t'aan u pixane', jach ma'
talam u pe'ets'el tumen u láak' máaki'.

Ku ts'o'okole' k'as chich yóole' tu ya'alaj:

—X-muk'ults'ilile' leti' u t'aan u pixan máak; beytúun

juntéen ka'ach tech ch'í'ich'echo', a wáayak'e' leti' u xiik'
a pixan; yéetel beytúun junten k'a'alecho', a tuukule' a
píi'k'a'ata'al.

Naayal in wóol tio'lal u aák'abil u tuukule', p'áaten in
wu'uyej.

—Ts'uk kan, ku léembal u k'u'umelo', juntúul ch'í'ich'
ku t'aan tu jool a pixan, tumen teche' juntúulech chan
pal táan a ts'íiboltik a jóok'ol, ti'e wíinklil tu ts'áajtech
a yuumilo'obo'. Wa ma' chen táan tuuse', tio'lal uchik a
wilike ts'uk kano' tu yaala' a kuxtale' ma' táan a cha'ik a
pe'ets'el tumen tu ts'ajtech u yóolil a kuxtal jáalk'ab. Ken
nojoch-chajkeche', ti' kan a wile ba'ax kin wa'aliktecha'a.
K'a'ajakteche' ba'alo'ob ts'a'abtecho' noj ba'alo'ob, ba'ale'
yan xan u talamil.

"Ba'ax a wóojel bejlae', ya'abach máake' ba'ax u k'áajti';
u láak' máako'obe' ku ch'a'iko'ob yaanal bej. Teche'
ts'oka'an a chichkuunsik a wóol tia'al ma' a palits'ilta'al
tumen mixmáak, kex tumen yanak a bo'otik u si'ipil ma'
cha'ik a pe'ets'el.

Tu ch'a'a chi'itaj u palal in noole' ka tu ya'alal:

—Ti' a ka' suku'uno'obe' yanal ba'ax u beelalo'ob.

Ba'ale' tu k'a'ajsaj ts'o'ok u máan k'íin in beet jump'éel
mokt'aan yéetele'. Tu ya'alaj:

U siibalil a wóojeltik wa a k'amik ta pixan tiichilo'ob,
payalchi'ob wa le tsikbalo'ob ts'o'ok a wóojeltika', chéen
ti' tech ku ts'a'abal. A ka' suku'uno'obe' tu paachil k'íin
ken u yojelto'ob, tech bin a'alikti'o'ob.

U ts'aamaj yóol u ya'alten ba'ax ku tukultike' tu ya'alaj:

Juntúul máak ma' palits'ile'e mina'an u tóojol, tumen u jáalk'abil máake' ma' jump'éel ba'ax je u béeytal u ma'anal tumen yanal máake'. U noj siibalil u kuxtal máak jáalk'abe' junp'éel ba'ax ku najmajtik máak tu junal, beytúuno' wa u lá'ak' máak mina'an u kuxtal bey, chen tumen ma' u yóojel wa tumen sajake'e, a beelale' a ka'ansikti' bix uchak a kaxantik.

Tia'al ma' in tu'ubsik ba'ax u talamil u kuxtal máak jáalk'abe', tu ya'alaj:

Táan u taal u k'íinil u p'i'isil beyka'aj jáalk'abil u k'aat kuxtal wíinik tio'olal beyka'aj jáalk'abil ku najmajtik; leti' beetik jach ka'abet a ch'enxikintik ma'alobe t'aano'ob ku síijil tu taamil a x-muk'ults'ililo'.

Tu makaj u chi' junsúutuk, ku ts'o'okole' tu k'aataj:

-¿Ba'ax ts'o'ok u ka'ansiktech a J-ka'ansaj ti' bix u kuxtal wíinik x-ma'a palits'ilil?

Tene' tin núukaj:

Yane' ku ba'atelo'ob tia'al ma' u pe'ets'elo'ob, yéetele pets'a'ano'obe', ku kíimsa'alo'ob tumene máaxo'ob palits'iltiko'obo' tumen ma' u yóojelo'ob kuxtal jáalk'abi'.

Leti'e tu xot'aj in t'aan, ka tu yáalaj ten:

—U kuxtal máak jáalk'abe' ma' junp'éel ba'ax tia'al k'ajóoltbili'. Teche' je u béeytal a k'ajóoltike', chen ba'ale' ma' táan a náajaltik. A kuxtal jáalk'abe' jump'éel noj páajtalil, le páajtalila' bey je u ja'asik a wóole', bey je u sajbesik u lá'ak' máake'. Tumen jump'éel u muuk' máake', leti' xan u jach nojochile páajtalilo'. Wa ka wu'uyike páajtalila', ka wu'uyik a jáalk'abil, ka ts'íiboltik

yéetel ku kíilbal ta pixan. Beytúun kun bin a sajakil a kuxtaltik a kuxtalo', líik's'a'an a wóol tumen u muuk' a kuxtal jáalk'ab.

Ku ts'o'okol u túubik u xíixel u k'uuts' táak' tu bóoxel u chi'e, tu ya'alaj:

—U kuxtal máak jáalk'abe' k'aabet u kuxtaltik jáalk'ab, wa yaanti' u noj muuk'il u kaxantik u jáalk'abile'; wa ka yáax k'ajóoltikaba ma' a k'ajóol u láak' máake', yaan a mu'uk'a'antal yéetel a kuxtal jáalk'ab. U muuk' a jáalk'abil wa ka' a wile', jump'éel muuk' ku peets', chéen ba'ale' ma' tia'al u pe'ets'el máak wa tia'al a pets'ik a láaki'.

Ka'aj ok áak'ab ichile paak'alo'obo', X-ma Uj túulise' tu sa'ast'inkuunsaj ichil u k'ab tuláakale paak'alo'obo'. Ma' seen náachile'e t-u'uyaj u wáak'al ch'ilib buuts'o'ob ku xíknal ka'an; lela' tu k'aaytajto'on te noj kaajo' ti'e áak'ab u káajal u payalchi'il Yum Kili'ich Cristo de la Misericordiae', tu'ux ku tóoka'al ya'abach ba'alo'ob. U seen jum k'olome', ku ya'alik ti'e sutukilo' táan u jóok'sa'al xíinbal láakamo'ob, óoxp'éel u boonil yéetel láakamil, yéetel táan u ch'aktik u jool K'uj naj.

Ka chen túun ka'aj u xóot'e tsikbalo':

Beytúuno' tene' binen, ichil in néenóoltike', tu báak' pak'ile K'ujnajo', tin cha'antaj u yokol péenk'ech payalchi'o'ob yéetel lakamo'ob bini'it u nuuktakilo'obo', yéetel tin wu'uyaj u pax timbalo'ob.

Ken táakpajken te x-wo'okin, saatlen ichil mejen palal wa nukuch máako', uts' tin wich in wilik bix u péek juntúul toot wíinik ku k'aaba'tik J-Bartolo Castellanose', máax ku sa'atal yóol wa'atal u beet u k'ab tia'al u jo'olbese pax ku beeta'al ichil e K'uj najo'.

Yum J-k'iin Gonzalo Balmese', yéetel u so'oj yéetel k'a'amkach k'aaye', ku láak'intik ichile K'uj naj tuláakale kili'ichkuunsajo'ob ku bino'ob u chíimpolto'ob u Yumtzilile kaajo'. Le Yum J-k'íina' tia'al u k'amike kaajo', mantats' láak'inta'an tumen u j-áantajo'ob J-Manuel Mase', J-Manuel Cauiche'yéetel J-Rufino Ak'e Canule' u búukintmaj u chak nook' yéetel u sak bak' kaal.

Ba'ax jach uts' tin wiche' in búuyul in wu'uy u k'aay paalal yéetel ko'olelo'ob, ku ketlan k'aayo'ob yéetel u wáak'ale ch'ilib buuts'o'ob ku tóoka'alo', in wu'uyik u bookil pome', u bookil u buuts'e polvorae' ku bin u jáayal ichil u k'abe almendro'ob yaan tu táan K'uj najo'.

Tu ts'el u náajil Jala'ach Wíiniko'ob yéetel u kúuchil tu'ux ku yúuchul báaxal te kaajo', carrusele', x-silla voladorae', x-rueda de la fortunae' ma' tan u xu'ulul u pipi'suuto'ob chup yéetel palal yéetel táankelemo'ob, ku kímak-kuunsik yóolo'ob yéetel u bo'otik u su'usuta'alo'ob.

U k'aayta'al palomitase', churrose', panuchoe', ch'ujuk pak'áale', báaxal loteriae' yéetel tómbolae', ku chúukbesike ki'imak óolalo'.

Ti' kí'imak óolala', J-Mulix Escobare' yéetel J-Carlos Castillae', ku ya'ala'alti' J-Kalix yéetel u láak' nukuch máako'obe' ku múul jáalk'a'atiko'ob gloobóoe' jejelas u boonil tu yóok'ole K'uj najo', ba'axo'ob ku súuntambal

yéetel u waak'ale ch'ilib buuts'o'ob te ka'ano' ti'e jats'uts' chíinil k'íino'oba'. Yaan k'íine' glooboe' ku beeta'al yéetel x-chak ju'una', ma' tech u ka'antal tumen yaan palal jach ko' yóolo'obe' ku póot ch'iniko'obe' ku beetik u lúubul t'aabal ichile máaxo'ob ku cha'antiko'. Ba'ale' ichile K'uj najo', tu táan Cristo de la Misericordiae' kaajo' ku ye'esik u kili'ichkuunsaj yéetel payalchi' wa k'aayo'obe' ku ya'alik beya':

> "Que viva mi Cristo que viva mi rey
> que impere doquiera triunfante su ley.
> ¡Viva Cristo Rey! ¡Viva Cristo Rey!"

Tia'anen te'elo' kaaj buts'uknakchaj in wich, bey uchik in ka' suut te ichile paak'alo'obo', yéetel xan bey uchik u ka' t'aanken in nool tia'al u ts'o'oksike tsikbal t-káajsaj ti'e chíinil k'íino'.

—Kane' ku xik'nal ta wilajo', yéetel ka wa'alik ma' k'aynajo'o, ichil u muk'ults'ilile', u k'almaj u k'aay uktúul ch'í'ich'o'obe', lela' ch'íich'o'ob tu luk'aj, leti' beetik jach ma'alob ma' ta wu'uyik. Ki'imakchajak a wóol yéetel u x-muk'ults'ilil tumen leti' u kí kí k'aaye ch'í'ich'o'ob k'ala'ano'obo', yéetel kíimo'ob ka'alikil táan u kaxantiko'ob u kuxtalo'ob jáalk'ab...

Tene' ma' tin wu'uyaj ba'ax u láak' tu ya'alaji', chen táan in k'a'ajsike k'aay tin wu'uyaj tu joole K'uj naj ku xa'ak'pajal yéetel u seen jum u k'olon... u paax tíimbalo'obe'... u wáak'al ch'ilib buuts'o'ob...

¡Tan!, ¡tan!, ¡tan!, ¡tan!, ¡tan! ¡Tan!...
Ssssiiiissshhhhh... ¡Pum ¡pum!... Sssiissshhh...

¡pum!… Sssshhhhhiiiisssshhh… ¡Pum!

Que viva mi Cristo, que viva mi rey
que impere doquiera triunfante su ley.
¡Viva Cristo Rey! ¡Viva Cristo Rey!

¡Tan!, ¡tan!, ¡tan!, ¡tan!, ¡tan! ¡Tan!…
Ssssiiiissshhhhh… ¡Pum!, ¡pum!…
Sssiissshhh… ¡Pum!…
Sssshhhhhiiiisssshhh… ¡Pum!
Mantats' kin k'a'ajsik u wáak'ale ch'ilib kis buuts'o',
kaano'ob ku buuts'ilaankil, ku wáak'al te ka'an tu
k'íinilo'ob u máank'inalile kaajo'.
Sssssssssiiiiiiiiiiiiiiiissssssssssssssshhhhhhhhhh…
¡Pummmmmmmmmm!
Kaaj ma' tech u xu'ulul u jum, bey je'ex u k'uchule
wáakax k'a'k'e…
¡Chc! ¡Chc! ¡Chc! ¡Chc! ¡Chc! ¡Uuuuuuu!… ¡Uuuuuu!…
¡Uuuuuuu!

VIII. U muknal ik'

Abril tu lu'umil Mayabe' u winalil u ko'olol k'aax yéetel u tóoka'al kool; ba'ale' u winalil xan u tóop'o nikte sak k'uxche' yéetel chak k'uxche'; ken in wilo'ob tu yóok'ol u ch'ilib k'abe che'a táan níikankil yéetel láak'inta'an tumene ts'unu'un ku ba'pachtik yéetel ts'uts'iko', bey x-lóo'bayano'ob ku yóok'oto'ob ik'il u chanbel yúunta'alo'ob tumene iik' tu táan u báankabile sakleme'en ka'ano'.

Áabril tu lu'umil Maaya'obe' u k'íinilo'ob sujuy tíichil. Sujuy tíichil tia'al Yum K'ax; tíichil tia'al sujuy k'aax; tia'al nukuch k'aax, u ya'ax k'axil wáayak'o'obe. Tíich tia'al Yum K'íin, máax ichil u kalan yéetel k'as luba'an yóole', ku bonik k'áanjope'en yéetel ku jopik yich u nookoyil u wóol ich; leti', u síijbal kuxtal way yóok'ol kaabe'.

Aabrile' k'aaxe' ku je'ekubáa tu táan u ch'ak máaskab, yéetel chan nuume' ku lúubul yóok'ol choko lu'um. K'aaxe táant u ch'a'akalo', tia'al u p'atike kuxtala', ku kí síikto'one u kí'ibokil ku jóok'ol tu chune che'obo'…

ku máan junp'íit k'íine' ku pa'te' elel yéetele sawalchi', ku súutul payalchi'il tu chi'e kolnáalo', ku k'ubent, ku yanyan yéetel ku k'aatik tu'ux yane ba'ax uchak u chan jetsik u mukyajile seen ooxola'.

Tu winalil aabrile' u póolbil tuunicho', tu wo'oj tuunil u na'ate'… p'is k'íin túun… payal túun kóolik iik'o'ob, iik'o'ob ku taasik nookoy chup yéetel ja', ku túuxtiko'ob ka jóok'ok paak'áal ich kool yéetel ka' ja'abak u táan yich lu'umkabil.

Aabrile' choko íik'o' ku pa'asik jujuykil lu'um yéetel ku beetik u xik'nale ken máanake núukul kuch ku jíilta'al tumen ts'oya'an ts'íimino'ob, tu'ux yaan wíiniko'ob buuyulo'ob ichil u ixi'im wayako'ob.

—Kili'ich ixi'imo' súut wíinikile' ka'aj p'áat kuxtal ichilo'on bey u k'ayik Sakpakal, ichil u jolo'och búuko'.

Ba'axtún ku k'aatik x-ki'ichpan lu'um tu winalil aabrile' tia'al u cha'ik u ko'olol yéetel u pa'ak'al.

Leti'e tuukulo'ob bey náaysik in wóol ka'ach tak ka tin wu'uyaj u so'oj ok'ol toojol in walak' pek' J-Bobok, bey je mix juntéen in wu'uye'. Jak'a'an in wóol tio'lal u yok'ol chi'ibale', tin wa'ak'a'atimbáe' ka' tin páa'taj u ka su'utulten tumen iik'e, u yok'ol toojol in waalako'.

Tin t'uluch juunal, tu chúumuke bej tu'ux yaaneno', tu seen chi'ichnakuunsen in páa'taj, xa'ak'a'an sajakil. Táan in wichiintik in k'íilkab ichil in sajakil ti' ba'ax ma' in wóojeli'.

Tí'e k'aaxo' kíilbanaji. U yep'ech u k'abe che'ob ku bin u káachal tumen mozon iik', mu'uk'a'an tu yóok'ole

lu'umo'; tikin sojol, ts'apakbal tu yóok'olo', tu bisen tak tu chúumuk. Tu páa'ch'úuyten yéetel u nojoch muuk', bey u jíiltikeno', óoken tak ichile k'i'ix k'ax sa'awa'an tumen xíiw, aak'o'ob yéetel pok che'. Ucha'anten loob, xeek'el in k'abo'ob, in táan polal yéetel in kale', ta'aytak u náaybal in wóole', nok'k'ajen lu'um, yóok'ol póolbil tuunicho'ob. Ba'ale' béeychaj in k'ajóoltik tia'anen tu ka'analil junp'éel úuchben k'u naje'. Te kúuchil tu'ux mixmáak ku k'uchul yéetel tu'ux yaan ya'abach u xéexet'al wa'alaj tuune', tin ka' u'uyaj náachil u babal ok'ol toojol in walak' pek' yéetel u kíilbale iik' ku bin u jíiltiken, u jíiltikubáa, yéetel u kachik ch'i'ilib yéetel aak'o'ob.

Káaj u náaybal in wóol, ku tso'okole', tu ch'a'ajen jump'éel xej. Kex táan in muk'yaj yéetel táan in wok'ole', tin wu'uyaj táan u jum in xikino'ob yéetel tin p'ilaj in wóol tia'al ma' in cha'ik u nok-ken jump'éel ée'joch'e'enil ku ts'áakuba u pix in wich.

In k'aat lo'obal paakat ma'alob, ba'ale', kex beyka'aj ka in xachinba in p'il in wiche', táan u buts'uknaktalo'ob. Ma' in wóojel bix úuchiki' mix ba'axten, chen ba'ale' tin wilaj bix uchik u káajal u súutul u baakel pool, bini'it u nuukilo'ob, ti' tuunicho'ob yan tin ba'pacho', tu jach sajbeseno'obe' kaj p'áat x-ma' táan u béeytal in péek.

Ma' ki' sa'atake ba'alo'oba'a, chen ka tin wilaj u náats'al in walak peek', ka' jo'op' u bin u nojochtal, u yicho'obe' nuukchajo'ob xan tak u p'áatal junp'éelili'. Te icha' jóok' jump'éel sa'asil, taal u léembal tak u lobik in

wich. Kin p'ilik wa kin k'alik in wiche', láayli' ma' táan u
béeytal in paakat ma'alobe'. Le sa'asila', jach táaj sa'asil,
jujunp'íitil, chaantakil, bin u súutul chúumuk wíinik,
chúumuk pek'; ba'ale' ma' leti' in walak' J-Boboke'e. Le
chúumuk ba'alche'o boox, le u láak' chúumuko' juntúul
sa'ask'ale'en wíinik, juntúul sak pool nuxib yéetel u
chowak me'ex k'ucha'an tak tu ts'em. Tin wóotaj líik'il,
tin ts'ajimba púuts'ul, ba'ale' ma' béeychajeni'. Beytun
uchik in wilike che'obo' u bin u k'aaxal in wooko'ob
tumene che'ob ts'o'ok u súutulo'ob kanilo'obo, ka tu
bak'o'ob in wíinklil tia'al ma' u cha'iko'ob in péek.

Ti'e sa'ate junbuj pek'o' ka túulischaje ichil wíiniko', tu
ya'alaj:

—Ma' a líik'il. Chin a pool yéetel ch'enxikinten. Tene'
ten. Tene' pixanen, junbuje' ten, junbúuje' tech. Tene'
tech, ku ts'o'okole' teche' ten. Tene' ten mantats'. Ten u
pixan kuxtal. Ten u k'aaba' tuláakal ba'al. Ten a k'aaba',
ku ts'o'okole' tech in k'aaba'. Ken a ch'a'achi'itene' ka
wa'alik xan a k'aaba' yéetel ken a t'aanene' ka t'aanikaba
xan. Ken a yaakunt' u láak' máake' ka yaakuntikaba xan
bey je'e in yaabilmileche'. Ma' ch'a'ik sajakil.

"Ten u pixan… ten u J-kanane Yum Íik' ku taal
noojolo'."

Tene' jump'elen k'íink'íinal iik', táan in máan in
kaxante Yum Iik' ku taal lak'íin tia'al u nupikba
jump'éelili'e'. Ken k-nupba, choko iik' yéetel síis iik'e',
in wíinklile' ku súutul cháakil tia'al u tup u yuk'ajil
wíiniko'ob way yóok'ol kaab.

—Tio'olale ba'ax ts'o'ok in k'ubik ta xikina', yéetel
tumen ts'o'ok a wilikene', ma' bin suunakech a wil a
wáalak' pek'. Leti'e yaan u yok'ol ichil in wíinklil.

Beytun uchik in wajalo', ka tin wu'uyaj juntúul ch'í'ich'
u k'aayik a yaj óolal tu ka'analil junkúul ja'abin.

Jach ma' sáam máanake ba'a tin wich ichil in
wenela'a, ka tin wu'uyaj táan u yawata'al in k'aaba': in
ts'e yuumo'ob yéetel in ka' suku'uno'obe' táan u máan
u kaxanteno'ob. Ka' tu yileno'obe', kí'imak yóolo'ob
tu máak'eno'ob. Tene' ma' in k'áat ka'ach t'aani', wa
bix ka' in wa'ale', ma' jóok' mix jump'éel t'aan tin chi'.
Táan in tíita'al jak'a'anil in wóol yéetel táan in jáabal
yéetel chokwil, ka k'ucho'on tu joole péet koot ku bin
tak tu'ux yaan u paak'alo'ob in noolo'. Leti'e', ka tu yilaj
bix yanilene', tu ya'alaj ka isíinsa'aken yéetel u le' su'uts
pak'áal yéetel ka in cha'ach u le' x-chaal che'.

Tu paach óoxp'éel áak'ab, ts'o'ok u toojtal in wóole',
in nool tu bisen k'aax tia'al beetik jump'éel sujuy
tíich'il. Bey je'e suukile', ka'aj ts'o'ok in k'ajóoltik u
tíichil, "U ta'alal íik', u ta'alal wáayak'", yéetel in noole'
bino'on tu kili'ich kúuchil in ch'i'ibalo'ob: u k'áaxilo'ob
Nojkankabe', u kúuchil muk'nal, yéeya'ab tumen in
nool ti'e áak'ab tu'ux ku súuntumbal u jóopbal u mejen
sa'asil kóokayo'obo'.

Jach k'aja'anten, jump'éel síis áak'ab tu'ux ku yu'uba'al
u tsi'its'iankil u piktunil J-máaso'ob, ka'alikil in nool tin
wéetele', tu jáale xa'anil naj yaan tu chúumuk u koolil
Nojkankabe', t-ilaj bix ts'o'ola'anile eek'o'obo'. Te kili'ich

kúuchil tia'al in nool, yéetel ku káajal in wilik xan bey kili'ichilo', t-u'uyaj u x-muk'ul t'aane aák'ab, ka'alikil táan k-páa'tik u sutukil k-payal t'aanike Yum Iik'o'obo'.

Bey je u máane áak'ab, yéetel ku ts'o'okol k-ilik ma'alob tuláakale ka'an yéetel ku ts'o'okol in kanik u k'aaba' u bel yéetel u múumuch'ale eek'o'obo', tin wojeltaj ba'ax u yilo'ob yéetel bix u bin yóok'ol beey xan yéetel u kuxtal wíiniko'ob. Uchik in wu'uyik yéetel in wilik ma'alob tuláakale', tin wilaj bix u tutupaankile éek'o'obo' ku núuptantikubáa yéetel u k'aaye j-máaso'obo'... Leti'ob, eek'o'obe' yéetel u tutupaankile' ku nu'utiko'ob u múul k'aaye máaso'ob ich áak'abo'.

Kin tukultike' j-máaso'ob ik'il u k'aayo'obo' ku payalchi'itiko'obe áak'abo', beytúun tu wejsiko'ob u jela'an ch'ench'enkililo'. Ch'ench'enkilil bin u jáayal tu yóok'ol tuláakale ba'ax yaan ichil u ée'joch'e'enile áak'ab, bey u k'aat ye'esto'on bix uchak u payalta'ale Yum Iik'o'obo'.

Naats' ti' chúumuk áak'abe', in noole' tu bisen x-muk'ults'ilil tak tu'ux seen yaan Siipche'; te'elo', ka'alikil táan u ch'a'ík iik' taamile', táan xan u chu'upul k-sak ol ik wíinklil yéetel u kí'ibokil pom, in noole' káaj u xóob:

—Juuuuuuuuuuuuu... juuuuuuuuuuuuuu... juuuuuuuuuuuuuuuuuuuuu.

Ku ts'o'okole', wa'alik u xit' u k'abo'ob tu tojil lak'iine', tu ya'alajten ka' in wa'al tu yéetel beya':

—"Kí'ichkelem Yumbiil, Ki'ichkelem Yum Mejenbiil,

Kí'ichkelem Kili'ich Pixan. Tu'ux yaan u yíik'al k'ank'an k'óok'ob síina'an. Tu'ux yaan u yíik'al chak k'óok'ob síina'an, tu'ux yaan u yiik'al box k'óok'ob síina'an. Tu'ux yaan yíik'al sak k'óok'ob síina'an".

—Siipche', u iik'il xíu, u yaal Yum Iik', nats'e iik'o'obo'.

—Iik'... iik'... iik... ko'oten, ko'oten, ko'oten.

—Juuuuuuuuuuuu... juuuuuuuuuuuuuuuuuuu... juuuuuuuuuuuuu.

Tu chúumuk u báankabile ch'ench'enkililo', in noole', wa'alakbal yéetel u ch'inmaj u paakat ka'ane', tu ka' payalchi'itaj u t'aan in ch'i'ibalo'ob:

—Tu Kili'ich k'aaba' K'u Yumbiil, K'u mejenbil yéetel Kili'ich Pixan. Tu'ux yaan u yiik'al k'ank'an k'óok'ob síina'an u ye'esten u yuts'il. Tu'ux yaan u yiik'ale chak k'óok'ob síina'an kin t'aanik tia'al u ts'a u yuts'ilo'. Tu'ux yaan u yiik'ale box k'óok'ob síina'an tia'al u ts'a u yuts'ilo'. Tu'ux yaan u yiik'ale sak k'óok'ob síina'an tia'al u ya'al u jaajil ti' si'ipilo'obo'.

—Juuuuuuuuuuuu... juuuuuuuuuuuuuu... juuuuuuuuuuuuuuuuuu.

—Siipche', u yaal Yum Iik', pata'anech yéetel iik'o'ob, xeen a taasten iik'.

—Juuuuuuuuuuuu... juuuuuuuuuuuuuu... juuuuuuuuuuuuuuuuuuuu.

Chen ka' t-u'uyaj u kíilbal u kukchalaankil jump'éel ba'a ichile k'áaxo'. Chi'ich'o'ob yéetel ba'alche'ob ku wenelo'ob ka'ach tu yáanal yéetel yóok'ole che'obo', k'iit yáalkabo'ob bini'it tu'ux, jak'a'an yóolo'obe' tu paktáantuba'ob, yéetel léek'a u x-wo'okino'obe' ka' tu wek'o'obe ch'ench'enkilil yan ka'acho'.

Bey ma' táan u béeytal in péek, yéetel ma' in ch'a'a in wóol tio'olal uchik in wu'uyike x-wo'okino'o, tin wilaj tuláakal tooten yéetel ma' táan u béeytal in péek, kex tumen in k'aat lo'obal awat yéetel áalkab tia'al in púuts'ul ti'e jela'an yéetel sajbe'ents'il iik' ku pipi'sutko'ono'. Bey jak'a'an in wóolo', tin wu'uyaj in ch'úuya'al tumen ma' in wóojel ba'ax muuk'ili', ka' tin wu'uyaj táan in xik'nal, ka'alikil in wilik yéetel in wu'uyik bix u bin u tíitik k'aaxe nuxi mozon iik, ku pipi'suut t-paach ik'il u ch'a'apachtike ba'alche'ob ku yawato'ob yéetel ku suutulsut áalkabo'ob, ku jéenantikuba'ob jak'a'anil u yóolo'obo'. Ti' beyka'aj jak'a'anil yóolo'obe', bey je u nup'ul yáalkabo'obe' bey xan u bin u k'a'amtal u yawato'ob.

Ka nup' bolon u teenel u súusut áalkabo'obe' tuláakal jéets'i, mixba'al ku péek bey je'ex ka'ache'.

Táan in wichiintik in k'íilkab, yéetel táan u kikilaankil in puk'sí'ik'al ichil in wíinklile', tin wu'uyaj u jaats' jump'éel chan síis iik' ba'ax beet u luk'ul u taakil in púuts'ul, ja'alil xan ka' k'a'ajten ma' tin juunal yanene'e. Táan bakáan u láak'intiken in nool, máax yetej jets óolale' táan u pa'tik u xu'ulul tuláakal ba'ax ku yúuchul.

Ka'aj máan tuláakale', lak'íin, tu'ux taale síis jets'eknak iik'o', ka'ano' káaj u jelbesik u sak sa'asil tia'al u chaksoje'ental. Chéen p'ele', jump'éel chak sa'asile', tu cha'aj k-ilik u yoochele che'ob yéetele mejen

mulu'ucho'obo'. Ka'anale', tu chúumuke ka'ano' tu béeyili' sa'ask'ale'enile', bak'a'an u pach tumen jump'éel ée'joch'e'enil. Je bix uchik u bin u sa'asitale', láaj k'anjope'enchaj yéetel chakjope'enchaje nookoyo'ob sop'okbal tóochta'aanilo'ob tumene sa'asilo'ob taatak sinliko'obo'.

Noome' tu ch'inaj u k'aay, tia'al u payaltik u láak' ch'í'ich'o'ob ka u k'aayo'ob u kí'imak óolil u taal u sa'astal.

Tin muts'aj in wicho'ob, ka' túun tin ka' p'ilaje' tia'anen tu ka'aten ich ée'joch'e'enile' yéetel bey ta'aytak u náabal in wóole'. Tin kaxantaj in nool tuláakal tu'ux, chen ba'ale' ma' tin wilaji', mina'ani.

Wa'alakbalen tin juunal, mixmáak yan tia'al u láak'intikene', p'áaten te kúuchil tak uchik u sa'astal ma'alobo'.

Máan junsúutuk; tene' ma' tin wilaj u taal in nool tu tojil chik'íini', p'is uchik u t'aaniken ka xi'iko'on je'elel te chan x-mak xa'an úuch u beetik tu chúumuke koolo'. Ka'aj k'ucho'on te kúuchilo', tin wu'uyaj in poole' táan u suut, yaj in nak' yéetel taak in xej. In nool túune', tia'al u jets'ik u náaybal in wóole' tu ts'aj in wuk' u ya'il kab, yéetel tu ya'alajten ka' chilaken lu'um . Ba'ale' ka tu yilaj táan in ba'likimbáa yéetel u yajil in nak'e', tu beetaj in wuk'ik ya'ach'bil Siipche' yéetel X-kakaltuun. Ka'aj ts'o'ok in wuk'ike ts'ako', chan jéets in wóol yéetel káaj in wu'uyik u bin in ma'alobtal.

Ka'aj máantene', ka'alikil in nool táan u ts'o'ok u nu'ukul meyaje', tin k'áatajti' ba'ax úuch tin wetele ka'aj ts'o'ok k-payalt'aantike Yum Íik'o'obo'. Uchik in wilik ma' tan u núukik in t'aane', tin tukultaj táanu páa'tik u máanten ma'alobe ba'ax ku yúuchulteno': wa chen tu beetaj bey ma' tu yu'ubaj in t'aane'e, wa ma'ili' u k'áat u ts'olten mixba'al ka'alikil táan u bin in ch'a'ik in wóolo'. Jawliken te lu'umo', t'úub in wéenel.

Beyxan ka'aj aajene' p'okokbal ich buuts', táan u k'a'a'bik beech'o'ob, ku ts'o'okole' mukults'ilile' jano'on.

Tia'al u chíinil k'íine', tu ya'alaj ka' xi'iko'on ch'ak si' ichile k'ax yan tu paache ko'olo'.

Ka'aj suunajo'one', ka'alikil táan k-je'ele' tu ya'alajten:

—U yiik'al lak'íine' u'uts' iik', na'ata'an, táankelem yéetel xibil iik, ba'ale' no'oja'an xan; ku ts'o'okole' táan ti' u yóolil yéetel u muuk'il tia'al u tóochtik u much'ikubáa che'ob béey je bixe ba'alche'ob yéetel wíiniko'obe'. Bejla'e bey táan a wojeltike muk'náal ba'alo'oba', ma' unaj a cha'ik u tu'ubultech u yiik'al lak'íine' u yiik'al choko jo'olal ba'ale' leti'e ma' tech u k'uuxil. Yum Iik', je'elo', jach u k'ajóolo'on, ba'ale' wa ma' k-k'áate'e uchak k-kíimil ma' tan k-ojeltik ba'ax muuk'il uchak u síikto'on.

Ka' tu yilaj jach in ts'aamaj in wóol ti' ba'ax ku ya'alike', tu ka' ya'alaj ten:

—Yéetel u yiik'alo'ob xaman, noojol yéetel chik'íine' ma' táan yúuchul báaxal. U yiik'al xamane' síis; u yiik'al noojole' chokoj; tu ka'atúulale' x-ch'upul iik'. Ba'ale' u yiik'al chik'íine' jach chek'e'et, ko' yóol yéetel ma' a wojel ba'axk'íin ken tíip'ik ta beeli'; uts' tu t'aan u

chíimpolta'al, chen ba'ale' wa k-ojel u k'íinil u k'uchule', uchak u yúuchul méeyaj yéetel u muuk'…

Chéen tia'an telo' ka' chan líik'i. Chanbel tu bin xinbal. Tu jíiltaj u máaskabe' ka' bin u chaabel náats'al tu yiknal u yokmale naajo'; junpuul ka' tu xoót'ch'aktaj u kal juntúul ts'ab kan ku ba'pachtiko'on. Tu líik'saj yéetel jun xéet' tikin che' ka' jo'op' u ts'ilik, ka'alikil táan u tsikbal:

—Ook'naje' u yiik'al lak'íine' tu ye'esajtech junjaats' u muuk'. Tu yilaj jak'a'an a wóol, tia'al u jets'ik a wóole', tu cha'aj a ch'eeneb tu kúuchil. Leti' beetik ta wilaje ja'atskab k'íin tu beetaj a búuyulo'.

Le ja'atskab k'íino'ob bey je bixe ta wilajo' chéen u ki'ichkelem nooke Yum Íik'o'obo'; wa ka babalt'aanko'obe', tak ken u ch'a'echo'ob láak'ts'ilil,

beytúuno' uchak a súutul juntúul Kaxant Ja'atskabo'obo'…

Táan u yáak'abtal ka' tu ya'alajten.

Yum Iik'o'obe' ma' tech u payalt'aanta'alo'ob yéetel t'aan. K'aabet u t'aanalo'ob yéetel u muuk' a wóol. Ken a payalt'aanto'ob ta wiknale', t'aano'ob yéetel u muuk' a puk'si'ik'al, yéetel u muuk' a pixan, beyo' ken taalako'ob yéetel tuláakal u muuk'e', tu tso'oke' ku ch'a'aláak'kecho'ob, tak u ts'o'okbesiko'ob ba'ax a k'a'at wa ba'ax kan a túuxto'ob u beete'.

Ba'ale' mix a chen táabsa'al a payalt'aanto'ob wa sajlu'umech yéetel a k'áat jóok'ol a wáalkab, tumeen uchak tak u kíinsikecho'ob, chéen ja'ali wa a k'ubeentmajaba ti' Siipche'e. Xíiwo'ob bey je bix

Siipche', k'ajóola'an bey u pal iik', beeta'an yéetel iik', ku nats'iko'ob iik'…

Ka'aj ts'o'ok u ts'ilike kano', tu kaxtaj jump'éel ch'uyub sa'as, tu t'abaj tia'al u sutikto'on sa'asilil ichile samat ée'joch'e'eno'. Beytúuno' tu ka' ya'alaj:

—Siipche' yéetel X-kakaltuune' xíiwo'ob k'aabéet tia'al a payalt'aanta'al Yum Iik'o'ob; Siipche'e xibil xíw; X-kakaltuune' x-ch'upul xíw; yáax junp'éelo' k'aabéet tia'al u na'ats'al u yiik'alo'ob Lak'íin yéetel Chik'íin; u láak' jump'éelo' ku yáantaj tia'al u na'ats'al yiik'alo'ob Noojol yéetel Xaman. Tu ka'ap'éelal yéetel ma'alob méeyajtbile', ku náachkunsiko'obe k'oja'anilo'ob ku taasa'al tumen iik'o'ob yéetel wíiniko'…

U t'aane' bin u chaambeltal. Tak ka ch'éen in wu'uyik… U láak' t'aano'ob ku taal ichil jump'éel sajkabe' ka' p'aaten in wu'uyej. Tin wóojeltaj, tu pache t'aano'obo' yan oochelo'ob ku bin u chowaktal yéetel ku náats'alo'ob tak tu'ux kin bo'oybeskimbáo'… Nats' u x-wo'okino'ob yéetel u mach tajche'ob… Je'elo' túune, ka' tin wilaj ma'alobe', páatchaj in wilik xan, xiibo'ob yéetel ko'olelo'ob chaknuulo'ob. Táan u kaxantiko'ob wa ba'ax, wa min in wa'alike' wa máax… Tu yilo'ob jump'éel kúuchil jach naats' ti'e tu'ux nuch'ukbaleno' ka' tu ts'oluba'ob wóolis, tu chúumuke' tu t'abo'ob jump'éel k'áak'i', ku jach chíikpajal juntúul x-lóo'bayan ki'ichkelem u wíinklil yéeetel chowak u pool ku k'uchul tak tu t'e'et'. Le kúuchilo' junp'éel nojoch táaxkabil.

Chéen p'ele' káaj u yóok'ote xiibo'obo', xaka'an táan u k'aayo'ob yéetel u yawato'ob, bey je'ebix bin u pa'axal jump'éel jóojochil chuuche'e. Le j-óok'oto'obo' ki'ichkelem u péeko'ob ka'alikil táan u ya'aliko'ob:

—¡Jeeleeac…! ¡Jeeleeac…! ¡Jeeleeac…!

—¡U súujuy…! ¡u súujuy…! ¡u súujuy…! ¡ixch'uplal…!

—¡Ixch'uplal…! ¡ixch'uplal…! ¡ixch'uplal…!

J-óok'oto'obe' ik'il yóok'oto'obo', ku chinikuba'ob táanil yéetel ku jawikuba'ob paachil.

Tu ts'éel x-ts'iike sáajkab kúuchilo', táan u ju'ulul ka' tíich' nikte': juntiich' chake', ba'ak' tu kal juntúul x-lóo'bayan; u lá'ak' juntiich' sake', k'a'ax tu t'e'et'.

Ken juntúul ti'e j-óok'oto'obo' tu ts'áajuba u méek'e x-lóo'bayano', leti'e, tu jechaj. Ka'aj léek jump'éel nojoch ba'ate' ichil tuláakalo'ob. Ichile ba'atelo', jujuntúulile' ku bin u paklan nóoksikubá'ob.

Junts'ele' ku lúubul kimen; je'elo' túun, ka'alikile chan yaan u muuk'o'obe' layli' u ba'atelo'obe'.

Mixjuntúul ti'e j-ook'ot'ba'atelo'ob ku yáakan ti' yajilo'. Mixmáak ku yáantik u láak'… mixmáak. Chéen ja'alil yanyan yéetel siit'il yaan te sáajkab kúuchilo'…

X-lóo'bayan ku ba'ate'ta'alo', láak'inta'an tumen u lá'ak' ko'olelo'obe', ma' u yojel ba'ax kun úuchul ik'il wa'alik u páa't yilik bix kun ts'o'okoli' ba'ate'a. Juntúul wíinik k'as kaabal u baakele' leti' p'áat wa'atal; láaj no'ono'ol u wíinklil, k'oolol, la'achpaja'an yéetel tso'olol. Ka'aj wa'alaj tu táane x-lóo'bayano', tu lamaj jump'éel awat tia'al u k'aatike ba'ax ts'o'ok u náajaltiko', ka'alikil táan u cho'oke k'i'ik' ku chooj tu chi'o'.

U jach ch'ija'anil ti'e wíinko'ob yaano'obo'o, mi wal
u jala'achil tumen leti' ku bisik jump'éel xóolte'e, leti'
k'ube x-ch'úupalo'. Le wíiniko' tu ki'ki jáaxtik ka' tu
k'amaj. Táakanen tí'e máakobo'ob ka ila'aben... ila'aben
tumen in nool ka tu líisaj u teep ku pixik in wíiche'.
   Bey tu áajenen.

Tumben t'aan

Tumen J-Miguel León Portillae

Le tumben t'aan tu kanaj u biskubaj yéetel u k'aay ch'iich'o'ob beyxan yéetel u jats'uts'il u bóonil nikte'ilo'ob. K'uch u k'íinil ka síijik, ka je'epajak, ka k'aaynak yéetel ka úuyak. Je'e ix ucha'anil tu lu'umil Anahuak yéetel u láak kaajilo'ob, tak tu luúmil kuts yéetel u lu'umil kej. Le tumben t'aana' ti' u máakilo'on ixíim táan u ts'aik k'ajotbil uts túukulo'ob, yaaj óolal t'aan, jats'uts yéetel jáajil ti' ba'alo'ob úuchben ts'o'ok u máano'ob, ti' bejlae' yéetel k'íinilo'ob ku taalo'ob. J-Jorge Miguel Cocom Peche', aj kambesaj ti' jump'éel tumben t'aan ti' u ch'i'ibal maya. U wóolale' jook' ti' uchben t'aano'ob tu'ux ku yéesaj u táamil túukulo'ob, laamij ich u muk'nal k'íinil tu lí'isaj nukuch kaajo'ob ––juntulo'ob yéetel tepalilo'ob yéetel k'ujo'ob jach jats'uts' beta'ano'ob–– bejlae' ku beetik u jak'al u yóol máako'ob. Tu paalil, beyxan ich tu tankelemi tu

k'aoltaj úuchben t'aano'obo', p'aat'ano'ob tumen Aj miats'o'ob yéetel Aj ts'íibo'ob, leitio'obe' tu ts'íibo'ob ich ti' túunicho'ob yéetel ti' tu úuchben ju'uno'obo'. U puk'si'ik'al tu suut'tubaj aj kanant, ma'a k'ala'an ti' tuláakal le ba'axo'ob tu yáalaj tumen u nool yum J-Gregorioe' te tu kaajil Kalninie'. Ti' u yum Gregori'e tu kanaj u t'aanil u nikte'il, u t'aanil che'o'obo', u k'aayil ch'íicho'ob, u t'aanil máaso'ob yéetel síiniko'ob, u t'aanil áak'ab, u t'aanil ik', beyxan tuláakal le t'aanil Noj lu'umula, u yumil miats'il ti' tuláakal ba'axo'ob k-ilik te' yook'ol kab. U nool, ––kiaik leti'–– tu yéesaj u muk'nalo'ob, bexyan tu ka'ansaj bix u meyajtal u ta'alal waayak, u ta'alal ik', u ta'alal ch'ench'enkil yéetel u láak muk'nalo'ob. Beytune, J-Jorge Miguele', paat u k'aoltik ba'ax yaan ichile' Noj Lu'uma' k'uyen yéetel éts'il, tu'ux yaan ya'abkach t'aanilts'íibo'ob, ti' tu seenk'ech máanja'an k'íinilo'b u naj u tuukulil maya kaajalo'obo'. Ya'abkach ba'axo'ob ucha'ano'ob, ti' úchben k'íinilo'ob, ts'o'ok u k'exko'ob le k'uyen Noj Lu'uma'. K'íinil jach uchben máanako'ob, k'íinil jach ma' na'ach tio'ob ucha'ano'ob, beyxan ti u k'íinil kaaj k'ucho'ob le sak wíiniko'ob tak bejlae'.

Ba'ale' kex ucho'obe u jeel k'íinililo'obo', maya wíiniko'ob, yumo'ob u yoojelo'ob ix ku yúuchul u p'iisil k'íinil, mix junten tu tu'uso'ob u t'aanil, beyxan bix ku yiliko'ob u tamil tuláakal ba'ax ku yúuchul way kaabe' yéetel bix ku yilikubao'ob, jejelas ti' láak kaajo'ob aniko'ob tu lu'umil Méxicoe'.

Úuy u t'aan u nool, jach ya'abkach tu wu'uyaj u ki'iki t'aanilo'ob, tu beetaj ti J-Jorge Miguel Cocom Peche' u nats'kubaj ti'e uchben t'aanilo'obo', k'ama'an tumen u nool ti' u úchben ch'i'ibalo'ob. Ma' chéen úuy t'aan tu beetaj. Tu k'aanaj k'áatchi'. Beytune' tu kanaj ba'axe nikte'ilo'ob, muyalo'ob, xuuxo'ob, ch'och'elemo'ob, tulixo'ob yéetele máaso'ob. Tio'olal u ts'aik u yool ti' tuláakal ba'axo'ob tu yúubaj, éesajóolal ti'e uchben t'aano'ob ich u muk'nal u nool, J-Jorge Miguele'

tu beetaj jump'éel u tso'ok k'áatchi', jach mi yéetel u seebile', beyxan mi yéetel u yaayaj óolal: nool, tene', ¿máaxen?

U nukt'aan u noole' tu yéesaj ti' jump'éel chíikul xul bej, tu'ux J- Jorge Miguele' tu beetaj utia'ali': "Teché beyech jump'eel kuxa'an k'áatchi'... teche' beyech jump'éel j-ko' k'áatchi' ku xíimbal... táan a kaxtik jump'éel nukt'aan mina'an u xul. Bey tuun bailili' uchaán. K-éetail Cocom Peche' yaan k'íino'obo' ku k'a'ajsik u t'aano'ob u nool, yéetel u láak k'íino'ob ku k'a'ajsik waayak'o'obo': wa ichil u weenel, wa táan aja'ani'; ba'ale', leti'e bailili' juntúul kuxa'an j-k'áatchi'. U tumben t'aane', utia'ali'. Kuxa'an ichil ti'e. Ku tsikbal yéetel uchben tsikbalo'ob, ku tuklik bejlae', utia'al, tumen leti', jach mayae'.

Beyó, kaaj k-k'amaj le wáalalo'oba, way ku k'ubik to'one, u t'aane' ku ts'aik tumben kuxtal ti'e uchben t'aan. Ba'ale', chéen ichil tuláakale ba'alo'o'bo', u meentjik'al utia'ali'. Ichile ik'ala' ku yu'ubaj u k'aayil ch'i'icho'o'b, ku chan yila'aj k'uo'o'bo' bcyxan paakat'ta'aj nikte'eilo'ob yéetel péepeno'ob ku popok xik'o'ob. Je'ebix ich u p'iis k'íinil: ja'abilo'ob, tuno'ob ja'ab, baktuno'ob ts'íibta'ano'ob ich uchben áanalte'o'ob, beyxan, yaan te'ela' nóonoj múuch'tsikbalo'ob: úuchben miats'il yéetel ch'a't'aanil yéetel u k'íinil bejla'.

U ki'iki jats'uts' ts'íibil u noj lu'umil México –– beyxan in k'áat in wáalik je'ebix le ku ts'íibta'al je'e tu'uxake'–– ku ki'ki jats'uts'ta'al je'ebix lela'. Tumen na'ach ti' ba'alo'ob ku yúuchulo'ob chéen ich tuukulo'ob, wa ma ichil ti'o'ob, J-Jorge Miguel Cocom Peeche,' yéetel u k'exil t'aano'ob ti' ich u láak'o'obt'aan, beyxan yéetel u sáasilil ba'axo'ob ku k'a'ajsalo'ob, ku beykunsik ich bejlae' ––k'exa'an ich jump'éel okjaa' kuxtal–– u miats'il yéetel jats'uts'il úuchben t'aanil. U ki'ki' jats'utsil ts'íibil mayao'obo' ––le t'aano'ob ts'íibta'an yok'oole túunicho'ob yéetel ti' le úuchben t'aano'obo', ts'íibta'an ti' le áanalteo'ob: Popol Vuj yéetel u Áanalteo'o'ob Chilam Balamo'ob–– bejlae' ku ts'aik tumben nikte'ilo'ob yéetel yicho'ob. Le áanalteo'oba', ma'tu paajtal u k'expajal tumen mix máake', u t'aanil xibo'ob yéetel ko'olelo'ob tumen bailili' ku k'áatkubao'ob, ku ba'atelt'aanubao'ob, ku k'a'ajsa'al waayako'obo', ku yiko'ob ba'ax ku yúuchul, ku tuukul beetiko'ob ba'alo'obo', layli' utia'al u kaxtiko'ob u ba'axten le ba'alo'obo',

tumem u k'áato'ob ka u yojelta'al u kuxtalo'ob, u ba'ax u k'áato'ob xan, u yaayajkutxtalo'ob, ba'axo'ob, ma'a jaajo'ob, chéen tia'an ichil u tuukulo'ob yéetel tuukulo'obo'.

Tumen J-Miguel León Portillae

J-nool Gregorioe'

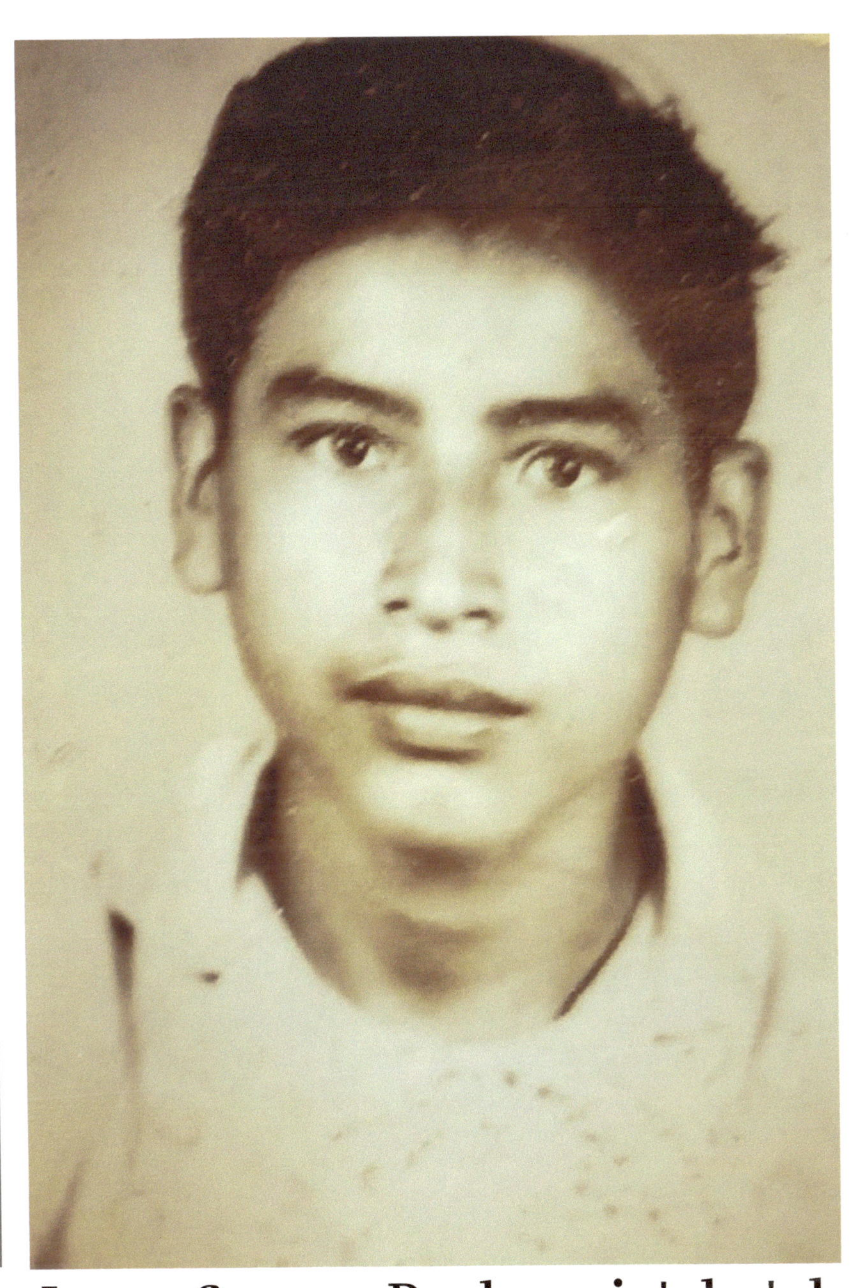

Jorge Cocom Pech, 12 ja'abo'ob